小早志少年と売れない名探偵

愁堂れな

ポプラ文庫ピュアフル

目次

Young Kobayashi
and
the unpopular detective.

第一話
美少年、売れない探偵の世話になる

1

「……こんなところかな」

荷物部屋となっていた六畳間の片付けを終え、室内を見回す俺の口から、我ながら疲労感溢れる声が漏れる。

室内にあったのは俺がここに越してくるときに持ってきた荷物が殆《ほとん》どだったので、この機会にすべて捨てた。知り合いの便利屋に廃棄処分を頼んだのだが、友達料金と言いつつ、かなりの額を請求されたので、逆にボラれたのかもしれない。

部屋を片付けたのは、今日から甥《おい》を住まわせるためだった。八丁堀駅《はっちょうぼりえき》近くにある三階建ての細長いこのビルは俺の高校からの友人、平井悟郎《ひらいごろう》の持ち物で、一階が事務所、二階三階が居住スペースとなっている。

事務所の名称は『平井探偵事務所』。平井は探偵業を営んでおり、仕事が速く、かつ信頼性が高いということで結構な人気を誇っていた。またこの平井、背が高く顔もいいのだ。俺と同い年とはとても見えない若々しさで、そんな彼のイケてる容姿が人気に拍車をかけていたのではないかと思う。

俺、武知《たけち》正哉《まさや》は平井の事務所で働かせてもらっている。半年ほど前、仕事を急に辞めることになった俺に、親切にも平井が声をかけてくれたのだ。

平井は今、ロンドンにいて帰国の目処《めど》は立っていない。留守中の事務所と住居の管理を任された俺は、それまで住んでいた安アパートを引き払い、平井の代わりにこのビルに住むことになった。

好きに使っていいと言われていたので、俺は平井の部屋を使い、空いていた一室にはアパートから運んだ荷物を入れていたのだが、これまた急に甥を引き取ることになり、その部屋を再び空けたというわけだった。

甥もここで暮らすことについては一応、平井の許可は取った。平井は『お前が高校生の面倒を見られるとは思えないけど』と心配そうにしつつも快諾してくれ、こうして準備を整えたところだ。

そろそろ迎えに行く時間だ、と腕時計を見やった俺の耳に、インターホンの音が響く。

「はいはい」

この音は一階の探偵事務所のものだ。平井が渡英して以来、客足はめっきり落ちており、今日の予約件数もゼロだったはずだ。

飛び込みの客だろうか。マズいときに来たな、と思いつつ、事務所に通じているほうの階段を下り、ドアを開く。

「いらっしゃいま……え？」

語尾が疑問形となってしまったのは、ドアの外に佇《たたず》んでいたのが、どう見ても高校生だったからだ。

ブレザーにネクタイ、それにチェックのズボンは高校の制服だろう。しかし顔立ちがえらく整った子だ。

色白で華奢といっていい細さ。身長は百六十五センチくらい。顔は小さく足は長い。髪の色は茶色がかっているが、染めているのではなく天然のようだ。

キラキラ輝く大きな瞳。長い睫《まつげ》。高い鼻梁《びりょう》。薄すぎず厚すぎない形のいい唇。まさに美少年だ、と、気づかぬうちに顔を凝視してしまっていたらしい。

「あの」

声をかけられ、我に返る。

「ああ、悪い。ええと、どうした？　何かこの事務所に用事があるのかな？」

お前の強面《こわもて》、かつガサツな口調が客足を遠のかせているんだ。常に笑顔で、そして丁寧に、と平井から口を酸っぱくして言われているが、相手が高校生なら多少砕けてもいいだろう。

　そもそも、高校生は依頼人になり得ないのだから。いや、しかし親御さんを連れてきてもらえば立派に依頼人になり得るか。それで最後はちょっと媚びたような優しい口調にしてみたのだが、目の前の美少年は形のいい眉を顰《ひそ》めたかと思うと、思いもかけない言葉を発した。

「何言ってるの？　オジサン」

「ええと、だから……」

『オジサン』って、そりゃ俺は三十五歳の立派な『オジサン』だ。しかし用件を聞いた大人への答えが『何言ってるの？』はないだろう。

　こんな綺麗な顔をしておいて——いや、顔は関係ないか——態度は悪いな。しかし声もまた綺麗だ。顔のよさと声のよさは比例するんだろうか、などと、くだらないことを考えそうになったが、どうやらこいつは単なるひやかしだと判断を下し、少し厳しい態度に出ることにした。

「この探偵事務所に用事があるのかと聞いてるんだがな？」

　結構きつめに言ったにもかかわらず、俺の言葉に対する美少年の反応は、話にならないというように上を向き肩を竦《すく》めるという、今まで以上に大変失礼なものだった。

「探偵事務所には用はないよ」

「そうか。それなら用事ができたらまた来てくれるか」

なんだろう。仲間内の罰ゲームだろうか。ピンポンダッシュ的な？　今の子供もそんなことをやっているのか？　小学生ならともかく、と呆れていた俺の目の前で、美少年は俺以上に呆れた顔になり口を開いた。

「叔父さん。麗人《れいと》なんだけど」

「え？」

麗人。それは確か俺の――。

「武知正哉叔父さん。今日からあなたのところで世話になる小早志《こばやし》麗人です」

美少年はわざとらしい丁寧な口調でそう言ったかと思うと、これまたわざとらしく深く頭を下げたあとに、ちらと俺の顔を見た。

「れ、麗人君。確か東京駅に迎えに行くことになってたよな？」

まさかこれが俺の甥っ子？　姉にまったく似ていない。最後に会ったのは彼が六歳のとき――そう、姉の葬儀でだった。

当時はどんな顔をしていたか、ぼんやりとしか覚えていない。母親が死んだことに落ち込んでいるらしく、ずっと俯《うつむ》いていたから――と、十一年前の記憶を掘り起こしていた俺に、麗人は呆れた顔のまま言葉を返してくる。

「東京駅みたいな混雑したところで待ち合わせをしても、到底会えないと思ったもので。なにせ叔父さん、僕の顔、わかりませんでしたよね？」

「…………」

なんだかこの子、やたらと感じが悪くないか？

当人とわからなかった俺にも非はある。でも十年以上交流のなかった、しかも成長している甥の顔がわからなかったのがそうも責められることだろうか。

いや待て。彼は今、傷心なのだ。父親を亡くしたあと、同居していた祖父も亡くなった。斜に構えたくもなるだろう。

そんな彼に対し、むっとしてみせるなど大人げなさすぎる。ここは広く大きな心で、と、俺は滅多に浮かべない愛想笑いを頬に刻むと、

「そうだな。来てもらえて助かったよ」

と、相手を持ち上げる方向に舵を切った。

「…………」

麗人はそんな俺に対し、実に冷めた目線を向けてきたあと、またあの感じの悪い、上を向いて肩を竦めるというポーズをして寄越した。

カチンときたが、怒るのは大人げない。そう自身に言い聞かせ、愛想笑いをキープする。

「ここは事務所の入口なんだ。玄関は外階段を上ったところなんだけど、事務所からも居住スペースには行けるから。さあ、入ってくれ」

どうぞ、と中に招くと麗人はすたすたと事務所内に足を踏み入れ、ぐるりと室内を見渡した。

「ここが俺の職場。二階へはバックヤードにしている部屋から行けるけど、普段は二階の玄関を使ってくれ。あれ？　荷物は？」

迎えに行こうと思ったのは、きっと大荷物だろうと予想したからだった。が、麗人が持っているのは一泊くらいの旅行用と思われるボストンバッグのみで、外に置いてあるのかと視線をドアへと向ける。

「これだけです」

「え」

確かに『身一つで来てもらって大丈夫』とは言ったが、本当に『身一つ』で来るとは予想していなかった。

洋服は？　いや、それより教科書は？　参考書とかも、全部置いてきたというのか？

「冗談です」

啞然としたが、直後に麗人にそう言われ、思わず大声を上げてしまった。

「はあ？」

「宅配便で五箱ほど来ます。今日の午後着指定にしたので間もなく届くかと」

「……へ、へえ……」

なんなんださっきから。むかっとくるのを気力で抑え込み、再び愛想笑いを浮かべようとした俺だったが、麗人がそんな俺を見てますます呆れた口調で告げた言葉を聞いてはもう、我慢できなくなった。

「そのくらいのこと、想像できないんですか？　叔父さん、元警視庁捜査一課の刑事なんですよね？」

「お前なあっ」

大声を上げてしまってから、はっと我に返り、咳払いで誤魔化そうとする。

「いや、その……」

「もうやめませんか、叔父さん。さっきから僕に対してむかつきまくっていることは、顔を見れば一目瞭然です。六歳のとき以来会っていない、自分以外に身内が一人もいなくなった可哀想な甥っ子なんだ、多少感じが悪くても受け容れてあげようとか思っているんでしょうけど、そうした配慮は不要ですから」

「な……っ」

麗人に淡々と己の思考を指摘され、言葉がまったく出なくなる。

「可哀想と思われるほうが精神的にはこたえます。それに僕以外の身内がいないのはあなたも同じですよね？　お互い以外天涯孤独な者同士、仲良く暮らしていこうじゃないですか」

「………」

それは——俺が言うべき台詞じゃないのか。

なんだって年齢が自分の半分しかない高校生に『仲良く暮らしていこうじゃないですか』などと上から目線で語られなきゃならんのだ。

とはいえ、むかつくばかりではあるが、彼の言うことにも一理ある。決して『可哀想な子』扱いをするつもりはなかったが、結果としてはそうなっていたのだから、とその部分だけ反省すると俺は改めて麗人に向かい、右手を差し出した。

「わかった。ほぼ初対面ではあるが、叔父と甥だ。うまいことやっていこう」

「ありがとうございます。よろしくお願いします」

麗人はにっこり微笑み、俺の右手を握ったあとに、

「僕の部屋はどこですか？」

と問うてきた。

「案内するよ」

「その前に水か何か、いただけますか？　喉が渇いて」

「ああ、悪い。気が利かなくて」

遠路はるばる——というほど遠くから来たわけではないが、確かに最初にまず『よく来たね』的な労りの言葉をかけ、飲み物を振る舞うくらいのことはやってあげるべきだった。

いくら登場の仕方が失礼としか言いようのないものだったとはいえ、と心の中で呟きつつも、それならまずダイニングに案内しよう、と階段を上りかけた俺の耳に、失礼極まりない麗人の言葉が響く。

「気にしないでください。叔父さんに気遣いは期待できないということは、来て早々わかりましたので」

「……っ」

嫌みが過ぎるだろう、と振り返った俺の目に飛び込んできたのは、天使かと思える

ような麗人の笑顔だった。

天真爛漫《てんしんらんまん》――ではないことは今までの言動からわかっているはずなのに、ついそれを忘れそうになる。まさに天使の笑顔である。

「なあ、君、いい性格しているって言われないか？」

言うつもりのない嫌みがつい、口から漏れる。しまった、子供相手にムキになってしまったと思うも、麗人の返しを聞き、言い足りないくらいだったかと反省を覆《くつがえ》した。

「言われませんね。今時の高校生はシャイなんです。面と向かって相手を褒めるなど、恥ずかしくてできません」

「……君は本当に『いい性格』をしているよ」

嫌みとわかった上でそう返す。そこまで厚顔無恥《こうがんむち》になれるのなら、もう遠慮はすまい。先ほど彼に言われたとおり、気遣いゼロでやらせてもらおう。

早々に開き直ったことを言葉で示すと、麗人はあたかも、それでいい、というように微笑んでみせ、本当にこいつは何様だ、とますます俺をむかつかせてくれた。

ダイニングに案内し、「何を飲む？」と聞くと、

「冷たい水を」

と告げながら麗人は、俺に続いてキッチンに入ってきた。

「座っていいぞ」

言いながら冷蔵庫を開けると俺の後ろから中を覗き込んできた彼に、

「自炊していませんね」

と指摘される。

「ああ。一人だとどうしても面倒くさくてな」

大学から一人暮らしをしているので、自炊をしようと思えばできる。だが自分だけのために作るのは面倒だし、コンビニでもデパ地下でも一人前の食事を簡単に買うことができるので、ここに越してきてからはずっとそれで済ませていた。

とはいえ、そうか。これからは二人で暮らすことになるのだし、高校生の彼に食事を作ってもらうわけにはいかない。朝食と夕食を作る必要が出てくるのかと、今更ながら気づき、憂鬱になった。

昼はどうしているのだろう。弁当を作ることになったら更に面倒が増す。が、作ってやらないわけにはいかない。

乱れきった生活を改めるチャンスと思えばいい。自炊すれば少しは節約にもなるだろう。そんなことを考えていた俺の耳に、麗人の呆れた声が響く。

「仕方ありません。料理は僕が担当しましょう。養っていただくのですから、そのくらいのことはしないと肩身が狭いですし」

「いや、いいよ。子供はそんなこと気にしなくていい」

　言い返してから俺は、『子供』と言われるのを麗人は好まないかもしれないと思い、慌てて言葉を足した。

「別に料理をしてもらうために君を引き取ったわけじゃない。君は今までどおりに生活してくれればいいんだ。それこそ、さっき言ったとおり、仲良く暮らしていこう」

「……今までも僕が食事を作っていたので、そこは気遣ってくれなくてもいいんですけどね」

　麗人はそう返してきたが、どこかバツの悪そうな顔となっている。もしや照れているのかとわかると、今までの態度が態度だっただけに、可愛いところもあるじゃないか、と可笑しくなった。

「なんで笑うんです」

　ムッとしている顔を見て、ますます笑いがこみ上げてくる。

　癖《クセ》の強そうな子ではあるが、姉の忘れ形見だ。たった一人の肉親として共に暮らしていこうじゃないか。

　彼が成人するまで、責任をもって育ててみせるので安心してほしい。おそらく天国

で我が子の行く末を心配しているに違いない姉に心の中でそう約束すると俺は、

「とりあえず水でもなんでも飲んで、くつろいでくれ」

と、可愛い甥っ子に向かい笑いかけたのだった。

※　※　※

祖父が亡くなった知らせを、僕は学校で聞いた。

すぐに病院へと向かい、物言わぬ祖父と対面する。

「苦しまない最期だったよ。眠るように亡くなった」

この病院は祖父の友人が設立したもので、院長は祖父の友人の息子となる。祖父には世話になったということで、非常に手厚い治療をしてくれたのだが、入院したときは既に手の施しようがなかった末期《まっき》癌《がん》だったため、院長の見立てどおり半年で帰らぬ人となった。

祖父が信頼していただけあり、名医だったんだなと感心しつつ、

「お世話になりました」

と頭を下げる。

「ご本人の希望によると葬儀は行わずにそのまま火葬の手続きをとってほしいとのことだった。君もそれでいいのかな？」

院長がなんともいえない表情で聞いてきたのは、いくら故人の希望とはいえ、僧侶に経くらいはあげてもらったほうがいいのではと思っているからだろう。

祖父がいらないというものを頼むのもな、とは思ったが、厚意で言ってくれているのがわかるので僕は、

「そうですね。お経くらいは……」

と答え、院長を安心させることにした。

「ところで、これからどうするの？　小早志さんと二人で暮らしていたんだよね？」

院長が早くも次なる心配の種を見つけ出し僕に尋ねる。

「君はまだ十七歳だし、これから大学受験も控えているのに、一人で暮らしていくのは大変だろう。小早志さんには父の代から非常にお世話になっているし、君さえよかったらウチに来ないか？　妻も娘も大歓迎だと言っている」

「……ありがとうございます」

院長の子供は娘が二人。二人とも文系で医者になる気はまるでない。この病院の跡取りは娘婿を想定しているのだろう。

長女の知人が僕のクラスにいるそうなので、僕の成績がいいことはおそらく彼も知っている。勿論、純粋な親切心からの申し出ではあろうが、将来の可能性を狭めたくはない。

世話をすると言われることは予想できていたので、できるだけ角が立たないような回答も事前に考えてあった。

「亡くなった母の弟――僕にとっては叔父にあたる人が、保護者になってくれるそうです。祖父が頼んでくれていますので、先生のお気持ちは大変ありがたいのですが、叔父の世話になろうと思います。公務員で生活も安定しているから安心して来てほしいと叔父からも言われていますし」

「そうだったんだ。小早志さんは何も言っていなかったから心配していたんだが、そういうことなら安心だね」

院長が少し残念そうに見えるのは穿《うが》ちすぎだろうと反省しつつ、

「本当にありがとうございます」

と丁寧に礼を言ったものの、さて、これからどうするかと密かに思考を巡らせた。

祖父と今後についての話し合いをしたのは嘘ではない。叔父に世話になるしかあるまいという結論に達したのも事実だった。しかしその先のことは何もしていない。これから連絡をとることになるが、果たして叔父は僕を覚えているだろうか。

六歳のときに会ったきりの叔父が公務員というのも実は嘘で『元公務員』である。名前と前職で検索し、所在は突き止めていた。

八丁堀の探偵事務所で働いているらしい。現在、所長は渡英しており所長代行を務めているというが、叔父がその職についてからはめっきり客が減っているという情報もネットで拾うことができた。

インターネット上には様々な情報が落ちている。加えて今回はネット以外にも情報源があった。ともあれ、祖父に関する手続きをする必要もあるし、明日にでも叔父に連絡しようと心を決め、僕は祖父の現世からの旅立ちを見送った。

翌日、探偵事務所の営業開始時間を待って事務所に電話をかけた。しかし応対に出る人はいない。仕方なく一時間後にかけると、ようやく五コールで受話器が取られた。

『はい。ええと……平井。平井探偵事務所』

「…………」

なんだこの、好感度ゼロの電話の応対は。寝起きと思われるガラガラ声の上、事務所の名前も満足に言えていない。投げやりにしか聞こえない口調。探偵業って一応、接客業じゃないのか？

やはり、こういうところが『元公務員』たる所以《ゆえん》か。ただの公務員ではないし、なんだろう、そうした意識はないのかもしれないが、どうにも『偉そう』に感じてしまう。

おっと、しまった。十年以上ぶりに会うことになる叔父にダメ出しをしている場合ではなかった、と僕は気持ちを切り替え、間違いないと思いながらも叔父当人であるかの確認をとった。

「あの、小早志麗人です。もしや正哉叔父さんですか？」

『え？』

その瞬間、電話の向こうで叔父が固まったのがわかった。

もしや覚えていなかったりして――？

ない話ではない。母と彼女の弟である叔父はさほど仲良くはなさそうだった。険悪というほどではない。ただお互いに興味がなかっただけではないかと思う。

そうはいっても、母が亡くなったときには忙しい中、葬儀に駆けつけてくれた。そこに望みを繋ぐしかない、と僕は思い出してもらおうと話し始めた。

「甥の麗人です。十年ほど前、母の葬儀に来てくださったの、覚えていますか？　そのとき六歳だった麗人です」

『麗人……そんな名前だったな。麗人君。どうした？　久しぶりだな。というか、よく俺のこと、覚えていたな？　それにここの連絡先は？　どうやって調べたのかな？』

どうやら叔父は僕のことを思い出してくれたらしい。だいぶ訝《いぶか》しがられてはいるが、これからする話を受け入れてくれるだろうか。

可能性としては八割がたイケると思うのだが、と考えながら僕は、どうか二割に入りませんようにと祈りつつ口を開いた。

「実は母が亡くなった五年後に父が車の事故で亡くなり、そのあと僕は父方の祖父母に引き取られたんですけど、去年、祖母が亡くなったのに続いて祖父もこの度亡くなったんです。それで身寄りが誰もいなくなってしまって」

『えっ？　お義兄《にい》さん、亡くなったのか？　知らなかった……葬儀にも行けずに申し訳なかった……あ、お祖父《じい》さんも亡くなったのか。これもまた知らなかったとはいえ、葬儀にも参列できず申し訳なかったね』

叔父はどうやら相当人がいいらしい。なぜ連絡先を知ったのかという疑問に答えることなく、天涯孤独となった経緯を説明する僕の話を聞き、同情溢れる声で詫びてくる。これはイケるんじゃないかと確信しながら僕は一気に押していこう、と言葉を続けた。

「気にしないでください。お知らせしていなかったので。それより僕の今後のことなんですが、僕、今十七歳なんです。保護者が必要なんですが、僕にとっては唯一の肉親となった叔父さんの世話になりたいと思っているんです。いかがでしょうか」

急にそんなことを言われても。

今の叔父の心境を想像してみる。誰でもそう思うに違いない。そこをどう上手く説得していくか。

金銭的に世話になるつもりはない。言っちゃなんだが自分の面倒くらいは自分で見られる。だから書類上の『保護者』になってくれればいい。あとは住居。祖父の家は広大で、一人暮らしには適さない。しかも相続税を支払うとなると、手放さざるを得なくなる可能性大だ。

今の高校に通い続けるためには、保護者はなんとしてでも必要となる。名前だけでいいので貸してほしい。

それを上手く伝えるには、と思考を巡らせていた僕の耳に、焦った口調の叔父の声がスマートフォン越しに響く。

『勿論大歓迎だ。とにかく、話を聞かせてくれ。今、どこに住んでいる？　これから行ってもいいか？』

「え？　いや、でも……」

このリアクションは、ある意味予想外だった、と僕は慌てた。

「僕が叔父さんのところに行きます。今、忌引《きび》きで高校を休んでいるんです。叔父さんの都合がよければ明日にでも伺います」

『ああ、是非来てくれ。なんなら明日からウチに住んでくれてもいい。一人だと不安だろう。コッチの準備は整えておくよ。身一つで来てくれて全然大丈夫だから』

きっと戸惑われるだろうから、あとは押せ押せで、という作戦を立てていたにもかかわらず、向こうから同居を申し出てくれるとは。

善人を絵に描いたような人だなと感心しながら僕は、

「それなら明日、伺います」

と返事をし、実は既に調べ上げていた叔父の連絡先を問うたのだった。

叔父は東京駅まで迎えに行くと言ってくれた。が、東京駅の混雑ぶりを知っているだけに、会える気がしないと、叔父が家を出るより前に到着するよう、住居兼仕事場に向かうことにした。

八丁堀の事務所を訪ねるのは初めてだったが、すぐに見つけることができた。さて、どう来るか、とリアクションを予想しながらインターホンを押す。

しばらく待たされたあとで、ようやくドアが開き、十一年ぶりに顔を合わせる叔父が姿を現した。

「いらっしゃいま……え？」

語尾が疑問形となっていたのは、僕と――甥とわかっていないからのようだ。まあ、十年以上会っていないし、『会った』といってもほんの一瞬なので覚えていなくても当然だろう。自己紹介するか、と口を開きかけると、慌てた口調で叔父が声をかけてきた。

「あの」

「ああ、悪い。ええと、どうした？　何かこの事務所に用事があるのかな？」

やはり叔父は、僕が甥だとわからないらしい。しかしいくら高校生相手とはいえ、接客業としてその応対はどうなんだ。

だから依頼者数も右肩下がりなのでは、と呆れたせいもあって、つい、物言いが乱暴になってしまった。

「何言ってるの？　叔父さん」

「ええと、だから……この探偵事務所に用事があるのかと聞いてるんだがな？」

『叔父さん』といえばわかるだろうと思ったのだが、どうやら中年男性全体の呼称『オジサン』と勘違いしたらしく、心持ちむっとした顔になった彼に問いを重ねられ、やれやれ、と肩を竦める。

僕のほうは叔父の顔を覚えていた。十一年前とあまり印象に変化はない。葬儀に参列するというのに、直前まで捜査をしていたとのことで普通のスーツに黒ネクタイで来た彼は、いつ切ったのかと思われるようなボサボサ頭に無精髭という姿だった。

背も高いし、もともとの顔立ちはそう悪くないのに、むさくるしい様子をしているから容姿もがた落ちになっているのは今も昔も変わらない。

いや、昔よりむさくるしさは増しているか、と思いつつ、もう一度チャンスを与えてやろうと口を開く。

「『探偵事務所』には用はないよ」

用があるのはあなただ。しかしこれでわからなかったら、仕方がない。名乗るとしよう。

しかし『探偵』としてどうなのだろう。僕は今日、訪れると予告している。待ち合わせを無視したのは悪かったが、甥が来たという可能性をまったく思いつかないとなると、相当鈍いってことじゃないのか。心配になるレベルだが、さすがに元の職業を鑑みるに、そこまで鈍くはないか、という僕の期待は、大きく外れることとなった。

「そうか。それなら用事ができたらまた来てくれるか」

まったく。呆れたせいで口調がぞんざいになった。

「叔父さん。麗人なんだけど」

「え？」

なんだその、鳩が豆鉄砲を食らったような表情は。

「正哉叔父さん。今日からあなたのところで世話になる小早志麗人です」

途端に叔父の顔つきが変わる。はっとした表情を浮かべた叔父は、あわあわしながら言い訳を始めた。

「れ、麗人君。確か東京駅に迎えに行くことになってたよな？」

なんだか――やはり残念だ。

期待しすぎていたのだろうか。叔父の前職――警視庁刑事部捜査一課の刑事だったということに。

警察官の憧れの的、本庁捜査一課。検挙率も素晴らしかったというのに、とある事情で退職を決めた。その『とある事情』がなんであるかを知ったとき、さすが、と感心したのに、今、目の前にいるのは冴えない、むさくるしい、死んだ魚の目をしている中年男だ。

こんなはずではなかった。そもそも叔父の世話になりたいと願ったのは、彼が唯一の身内だからという理由からではない。彼が『正義の人』だと思ったからだ。

ある理由から僕は犯罪を憎んでいる。罪を犯した人間が大手を振って世の中を闊歩《かっぽ》していることが許せない。

犯罪は必ず摘発されねばならない。叔父が警察を辞めた理由を知ったとき、彼もまた僕と同じ志を持つ者なのではないかと感じ、嬉しくなった。

しかし、実際の彼はどうなのだ。見るからに覇気のない叔父の姿を前に、次第に苛立ちが募ってくる。

そのせいで自然と物言いはぞんざい、かつ嫌みというか、いかにも馬鹿にしたものになっていったが、叔父にとって僕はどうやら身内を亡くした可哀想な子という認識らしく、むっとしつつも作った笑顔で対応していた。

要は本音で語り合う気はないということか、と、そのことにもむかついて、身一つで来いと言われたから荷物は持ってこなかったと嘘をつき、信じた彼を馬鹿にして怒らせたあとに、そうした配慮は不要と言い放つと、叔父は思うところありありな様子ではあったが、どうやらいらぬ気遣いはしない方向に心を決めてくれたようだった。

「ほぼ初対面ではあるが、叔父と甥だ。うまいことやっていこう」

「ありがとうございます。よろしくお願いします」

差し出された右手を握り返し、笑顔を向ける。

その後、叔父の顔に僕をむかつかせる愛想笑いが浮かぶことはなくなり、随分過ごしやすくなったと安堵した。

何せこれから毎日、生活を共にするのだ。互いに気遣ったままでは疲れるばかりである。

早々に地を出した理由はそれだけだろうか、と喋りながら僕は自身の心に問いかけた。

僕は未だ期待しているのかもしれない。今は死んだ魚の目をしている叔父だが、心の中には未だ正義の炎が立ち上っていると。

そのためにも早く本音で話し合えるようになりたいと願ったのではないだろうか。

そんな自己分析をしていた僕を前に、叔父が嫌みを口にする。

「……君は本当にいい性格をしているよ」

どうやら僕の望みどおり、叔父は本音を見せ始めたようだ。そうでなくては、と微笑みたくなるのを堪え、正しい意味で『いい性格』をしているに違いない叔父を見やる。

「とりあえず水でもなんでも飲んで、くつろいでくれ」

何せ散々悪態をついた僕にそうして笑顔を向けてくれるくらいなのだから。

心の中で呟くと僕は「ありがとうございます」と礼を言い、冷蔵庫からミネラルウォーターのペットボトルを取り出したのだった。

2

「ええと……今、何を言ったのかな？　麗人君」

散々生意気なことを言っていた彼が、水を飲み干したあとに告げた言葉を、俺はつい聞き返してしまった。

「ですから、お世話になるお礼に、この探偵事務所を半年前同様、いえ、それ以上に人気の事務所にしてみせると言ったんです」

このガキは――失礼。このお子様は、一体何を言い出したんだ？

正直なところ、彼の顔を見ても甥とわからなかった。俺の姉は弟の俺が言うのもなんだが、そこそこ美人の部類に入るとは思うものの、絶世の美女ではなかった。姉の結婚相手、ほぼ付き合いのなかった義兄も、絶世の美男ではなかった――と思う。

しかし二人の一人息子である甥の麗人は、滅多に見ないような美少年に成長していた。名は体を表すというが、そもそも『麗人』という名前をなぜに姉は、そして義兄はつけようと思ったのだろう。

美少年になったからいいが、イマイチな容姿となったら、『名前負け』と言われてしまったのではなかろうか。

いや、今はそんなことを考えている場合じゃなかった、と俺は、あまりに堂々とした様子でいきなりの『人気事務所』宣言をして寄越した甥に対し、どこからどう突っ込めばいいのかと思考を巡らせていた。

料理は自分が担当する、と言われたのはありがたかった。しかし探偵事務所を立て直すことなど、頼もうとは思っていない。

そもそもなぜ彼は、この事務所の人気が下がっていることを知っているのだと、疑問を覚えたのがわかったのか、麗人はまたあの、むかつく仕草を——呆れて肩を竦めるというポーズを取りつつ口を開いた。

「叔父さん、ネットにはいろんな情報が落ちているんです。叔父さんが刑事を辞めたあとに友人の探偵事務所で働き始めたことも、その友人の所長が渡英してから人気がダダ下がりとなり、今や大赤字になっていることも」

「えっ」

絶句せざるを得ない指摘に声を失う。

「人気が下降した理由も、叔父さんに会ってわかりました。こう言っちゃなんですが、叔父さんの接客態度、酷すぎます。電話を切りたくなるレベルですよ、あれは」

「……っ」

これまた、絶句せざるを得ない。接客態度については、平井からも指摘されていたことに加え、今日、麗人を迎える際の自分の態度を振り返るに、まさに仰るとおりとしか言いようがなく、黙り込んだ俺を見て麗人がにっこりと微笑む。

「接客態度については自覚すれば今後は改まるでしょう。しかしそれだけで人気が回復するほど世の中は甘くありません。やはり『使える』という評判を立てないことには人気事務所にはなれないでしょう」

「そりゃそうだろうが、そんな評判……っ」

反論しかけたが、お得意の『呆れた』ポーズを取られ、我に返る。なんの努力もしないうちに諦めるのかと、自分で自分が情けなくなり言葉を続けることを躊躇《ためら》ったのだ。

「要は実績を上げればいいんです」

そんな俺の前で麗人は、そう言い切ったかと思うと、思いもかけないことを言い出した。

「当然のことだが簡単ではない。当たり前です。簡単ならどの探偵事務所も人気になりますから。ですからここは叔父さんの前職を活かし、しかも禍根を残している事件を解決するというのはどうでしょう」

「……は?」

一体何を言っているのだ? 前職が刑事であることはネットで見たと言われたが、禍根を残している例の件を、彼は知っているとでもいうのだろうか。

知るわけがない。壮大な勘違いをしているのだろうか。こういうの、なんていうんだったか。そうそう、中二病。

自分が世界を動かせるくらいの勘違いをしているんじゃないか。世の中はそう甘くないことを彼はまだ知らないのだ。

実際は『高二』なので少々イタくはあるが、ここは広い大人の心で聞き流してやろう。そう思い、相槌を打とうとした俺は、続く麗人の言葉を聞き、完全に固まってしまった。

「叔父さんが退職したのは、大岩《おおいわ》代議士の長男、一喜《かずき》の起こした交通事故を、代議士の第二秘書が身代わり自首したことに納得がいかなかったからですよね? 真犯人は一喜だと証明できれば叔父さんの溜飲も下がるし、探偵事務所の評判も上がるんじゃないでしょうか」

「なぜそれを……」

驚きのあまり理由を問うことしかできなかった俺を見て、麗人は物凄く残念そうな顔をし、溜め息をついた。

「さっきから言ってますよね。ネットには色んな情報が落ちてるって。それに僕の高校には、大岩代議士の次男がいるんですよ。先輩ですけど。彼が仲間内でべらべら喋ってるんです。それは自慢げに。自分の兄が逮捕されずにすんだという話を」

「なんだと!?」

それを聞き、ようやく俺は落ち着きと、同時に思考力を取り戻すことができた。

「本当か、それは?」

「本当です。なんなら証拠をお見せしましょう」

麗人は少しむっとした顔になりながらも、ポケットからスマートフォンを取り出すと、画面を俺に向けてきた。

「これは……?」

「大岩恭二《きょうじ》――次男の名前です――が、取り巻きに送ったメッセージです。馬鹿だからこういうやりとりをSNS上でやってしまうんですよ」

心底軽蔑した口調でそう告げた彼からスマートフォンを受け取り、画面を見る。

『例の件、親父が手を回してくれた。兄貴はセーフ。だからお前も下手なこと警察に喋るなよ』

『誓います。喋りません』

『喋ったらお前もお前の親も終わりだからな』

『わかってます。絶対喋りません』

「……これは……」

メッセージのやり取りのスクリーンショットだということはわかった。脅しているほうの名前は確かに大岩恭二、そして相手は相模太郎《さがみたろう》となっている。

「相模太郎もウチの高校の生徒です。親が規模の大きな病院の院長で、あの事故のとき、軽いむち打ちになった大岩一喜の治療をしています」

「なんだってお前が二人のやりとりを持っているんだ？」

何から何まで疑問だらけで、混乱するあまり自分がかなり乱暴な口調になっていることに、俺は気づいていなかった。

「理由はまあ、蛇《じゃ》の道はヘビってことにしておいてください。それより叔父さん、僕の通っている高校、ご存じでしたか？」

「え？」

予想外の問いに、またも思考が働かなくなる。

「知るわけないですよね。言ってませんから」

と、それを見越したように麗人は肩を竦めたあと、『感じが悪い』という印象を覚えることすら忘れていた俺に対し答えを口にした。

「私立S高校です。小学校から大学までエスカレーター式の学校で、富裕層の子息が通うことで有名です。学力に自信がある生徒は大学は外部受験をすることが多いですが」

「……そこに大岩代議士の次男が通っていると……」

名門私立校として有名だ、と頷いた俺に麗人がにっこりと微笑み頷き返す。

「はい。著名な代議士の息子であるのをいいことにやりたい放題で、生徒は勿論、教師たちも頭を抱えています。あまりに生活態度が悪いもので」

「悪いというのは？」

どう悪いのだと問うと、麗人は顔を顰めつつ、大岩次男の素行を話し始めた。

「授業もテストも放棄、校内での飲酒、喫煙など、数え上げれば枚挙に暇《いとま》がありません。しかしすべて父親が握り潰している。近隣の女子高の生徒への手も早く、学校としてはできることなら通学してほしくないと願っている……と、そんな感じですかね」

「酷いな。父親の威光を借りてやりたい放題ってことか」

憤る俺に麗人が肩を竦める。

「三つ上の長男も同窓生で、やはり教師泣かせだったそうですよ」

「そうだった。長男の一喜はS大だったな」

そのまま大学に進学したのか、と、以前事情聴取した一喜の様子を思い起こす。

『俺は何も知らないって言ってんだろ。親父に言いつけるぞ』

ヒラの刑事ごときが、とあからさまに馬鹿にしてみせた彼の尊大な態度の陰に、発覚を恐れる恐怖心を確信した。が、早々に犯人が自首をしてきて、捜査は打ち切りとなった。

「恭二のほうも以前から目に余るとは思っていたんですが、兄の一件があったあとには更に手がつけられなくなって。自分が何をしても父親が揉み消してくれると安心したんでしょう。それこそ明日にも校内外で事件を起こしかねないと、それを案じているんです」

麗人は憤然とそう言い放つと、キッと俺を睨み言葉を続けた。

「長男の一喜に対し、警察が何も手を出せなかったのだから、自分が何をしたとしても学校側は手など出せるはずがないと彼は思っているようで」

「……一言もないな」

そう。確かにまったく手を出せなかった。苦々しい思いが込み上げ、自然と唇を噛んでいたことに気づかされたのは、麗人の指摘を受けたからだった。

「さぞ悔しかっただろうとお察しします。辞表を叩きつけたくらいですからね」

「……っ」

なぜ、それを、と問おうとしたのがわかったのか、麗人が残念そうな顔になる。

「何度も言わせないでください。事件のこともあなたの退職のこともインターネットで見たと言いましたよね。事実との整合性がどのくらいあるか、比較してみましょうか」

そう言ったかと思うと彼は俺に手を差し伸べてきたが、それがスマートフォンを返してほしいという意味だということに、最初俺は気づかなかった。

「まあいいや。頭に入ってますので」

スマホを受け取ることを諦めたのか、麗人は手を引っ込めると、またも滔々《とうとう》と話を始めた。

「今から半年前、大岩代議士の第二秘書の運転する車が二十二歳のＯＬを青梅街道で轢き殺したという事件がありました。第二秘書の自首により過失運転致死傷罪で逮捕されることになりましたが、あなたはそれを身代わり自首と主張、運転していたのは大岩代議士の長男、一喜だということを突き止めようとしていたところ、捜査に横槍が入ったことにキレて辞表を提出、それが受理された——ということで、あってます？」

「…………ああ」

まさにそのとおり。頷くしかなかった俺を見る麗人の視線に憐れみが籠もったのがわかる。

「……なんていうか……もうちょっとやりよう、ありましたよね。勢いで辞職するとか、今、後悔しているんじゃないですか？」

「後悔はしていない。刑事であり続けたところで、一喜は逮捕できなかったしな」

憤りを覚えたわけではなかった。辞表を出したときには既に気持ちの整理はついていた。引き留めを狙ったわけではない。単に絶望したのだ。警察という組織に。

それゆえ即答した俺を見て、麗人はなぜか酷く嬉しげに笑うと、なんとも失礼な言葉を告げたのだった。

「単純明快でいいですね。叔父さんのこと、好きになれそうです」

「単純で悪かったな」

高校生から『単純』扱いされることに、むっとしないではいられず、つい言い返した俺に対する麗人のリアクションは、

「褒めたつもりだったんですけどね？」

といういかにも人を馬鹿にしたものだった。

それこそ、高校生相手にむっとするのも大人げないと気持ちを切り換えようとした俺を見つめ、麗人が思いもかけない言葉を告げる。

「というわけで、僕がこの探偵事務所に来てからの初仕事は、大岩一喜逮捕にしましょう」

「はぁ!?」

こいつは何を言い出したのだ？　既に自首してきた第二秘書は起訴され、間もなく裁判が始まることを知らないのだろうか。そう告げようとした俺に向かっての麗人の言葉といえば、

「警察ではないので逮捕はできないと言いたいのでしょうが、世間に有罪だと知らしめればいいんですよ。言わば社会的制裁を与えてやりましょう」

という、これまた思いがけないもので、何がなんだかわからないうちに俺は、

「まず、作戦を立てましょう」

という彼を前に、ただただ言葉を失っていった。

※　※　※

ピュアすぎないか？

叔父と顔を合わせてまだ十分も経っていない。が、やはり正義の心は叔父の中にあったと安堵すると同時に、ここまで直情型とは、とある意味呆れ、そしてある意味感動した。

母も直情型だった記憶は薄らある。何せ亡くなったのが僕が六歳のときなので幾分補正されてはいるだろうが、正義感溢れる人柄だったことは間違いないように思う。

母の愚直といっていい誠実さを父は心から愛していた。どちらかというと父に似ている僕も母と同じく誠実な叔父を好ましく思い始めている。

少し照れくさいが、まあ、身内愛ということなんだろう。インターネット越しでしか知らなかった現在の叔父と顔を合わせた直後は、死んだ魚の目をしていると失望したが、話していくにつれ信頼できそうな人物だということがわかり、なんだか嬉しくなった。

　こうも浮かれた気持ちになるとは、もしや自分は親族の愛情に飢えているのだろうか。父も、そして祖母も祖父も、愛情をたっぷり注いでくれたから、彼らを失った今、新たな『愛情』をこの世で唯一血の繋がっている叔父に求めてしまっているのかもしれない。

　叔父としては持て余していることだろう。まあ、今日顔を合わせたばかりだから仕方あるまいと思いつつ、僕は、これから何をしようとしているか、それを説明しようとした。

「世間に有罪だと知らしめればいいんですよ。言わば社会的制裁を与えてやりましょう」

　警察という組織は権力に屈した。なら社会的に抹殺してやればよい。そこにカタルシスを見出してほしいと思いながら僕は、

「まず、作戦を立てましょう」

　と告げ、話を続けていった。

「可能なら長男と次男、二人まとめて社会的な制裁を加えたいんです。弟のほうも放

置しておけばこの先、同じような状況が起こらないとは限らないので」

それは絶対に阻止したい。その思いが我ながら熱っぽい口調として迸《ほとばし》る。

「罠を仕掛けます。それに協力してほしい。絶対、仕留めてみせます。情報を集めればそれも夢ではないと思うんです」

「……確かに……それはそうだろうが……」

訝しさを覚えているであろう叔父を納得させるには、と、僕は早々に自身の立てた計画を明かすことにした。

「僕が彼らを誘い込みます」

「何を言ってるんだ、君は」

途端に呆れた顔になった叔父はこの段階で、もう僕の話に耳を傾ける気を完全に失ったようだった。

「高校生が相手にできる連中じゃないぞ。警察だって最終的には手を出せなかったんだ。馬鹿げたことは考えるな」

「…………」

叔父が話を聞いてくれさえすれば、彼を説得できる自信はある。しかし聞く耳を持ってもらえなければ説得は難しい。

事前に打ち合わせておいたほうが確度は上がるが、仕方がない。ぶっつけ本番でいくことにしよう。

そうと決まれば、と僕は『計画』に必要なものを揃え始めた。

「わかりました。ところで叔父さん、事務所でも携帯はいつも身近に置いてます？」

「え？　ああ。ポケットに入れているが……？」

急に話を変えたからだろう、叔父が戸惑った顔になりつつも、答えてくれる。

「夜も枕元に置いていたりします？」

「ああ。アラームかけてるからな」

それがどうした、と訝しげな顔になる叔父に問いを重ねる。

「平日の昼間は事務所にいるんですよね。営業時間後は結構、飲みに行ったりします？」

「夕飯を食いに行くことは多いな」

「今夜から夕食は僕が作るので、夜、飲みに行くときには朝のうちに教えてもらえると助かるんですが」

「わかった。だが無理しなくていいからな？」

心配そうにそう告げてくれる彼に、最後に、とこう問いかける。

「今日のこのあとの予定は？」

「普通に営業するが？　ああ、そうだ。夜、君の歓迎会をやろう。何が好きなんだ？焼き肉でも、寿司でも、なんでも好きなものを言ってくれ」

「あ……りがとうございます。でも、作りますよ。今夜も」

探偵事務所の経営がはかばかしくないことがわかっているのに、高い夕食を奢ってもらうわけにはいかない。

今日から僕の分の生活費もかかるようになるのだ。赤字にならないよう、きっちり生活費を見直そう。あくまでもイメージだが、叔父はやりくりが得意というようには見えない。ここは僕がしっかりせねば、と決意を固めると僕は、荷物が届くまでに、この近辺の地図を頭に入れておくことにした。

「そしたら買い物も兼ねてちょっと周囲を歩いてみます。夕食、何かリクエストはありますか？」

「あ、いや。疲れただろう？　それにこれから荷物も届くんだよな？　ゆっくりしてくれていいよ」

どうやら叔父は僕に対し、物凄く気を遣い始めたようだ。『事務所を流行らせる』や『大岩兄弟を社会的に抹殺する』といった僕の発言を大言壮語と取った上で、頭、大丈夫か？　と案じてくれているんじゃないかと思う。

　大人としては普通の反応だ。僕が少し焦りすぎたのだ。作戦を持ちかけるのはお互いもう少し歩み寄ってからにすればよかった。

　とはいえ、できることなら忌引き休暇中にカタをつけたい。高校に普通に通うようになってからでは自由に動き回れる範囲も狭まってしまうので。

「ありがとうございます。そしたら僕は部屋で休ませてもらいますね」

　ここは叔父の厚意をありがたく受け入れるふりをして、計画をより緻密なものにしよう。そのためにも一応確認しておこう、と叔父に問いかける。

「すみません。このビル内は無線ＬＡＮ使えます？」

「ああ。使えるよ。職場と自宅スペース、どちらでも」

「設定教えてもらえますか？」

「勿論」

「あと、自宅の電気、何アンペアですか？」

「え？　どうだったかな」

　なぜにアンペアを気にするのかと、叔父が訝しんでいるのがわかる。深く突っ込まれないうちに、と部屋に向かうことにした。

「……じゃあ、僕に構わず仕事をしていてください」

「えっと、部屋に案内するよ。欲しいものがあったら言ってくれ」

どうやら僕の部屋は三階にあるようだった。二階はリビングダイニングと洗面所、それに浴室があると教えてくれたあと、叔父は僕を伴い三階に向かった。

「ここが今日から君の部屋だ。掃除が行き届いていないな。すまん」

叔父が頭をかきつつ、室内をぐるりと見渡す。

「ブラインドだと寝るのに明るすぎるかもしれん。遮光のカーテンのほうがよければ買いに行こう。ああ、あと机、だよな」

六畳ほどの広さがある室内。窓の傍にパイプベッド。置いてある家具はそれだけだ。

「クロゼットはそっちの壁に埋め込まれている。エアコンはついているが、最近使ってないから試してみてくれ。欲しい家具があったら言ってくれ。本棚はいるかな」

「ありがとうございます」

昨日の今日だ。しかし叔父の言うように『掃除が行き届いていない』ことはない。ブラインドに埃が溜まっていたが、床は綺麗に掃かれていた。

「荷物が届いてから必要なものを考えます。叔父さんが事務所にいる間、色々見て回ってもいいですか？」

浴室も見たい。二階の洗面台は狭かった。しかしドレッサーが欲しい、と言えば驚かれるに違いない。

「ああ。いいぞ。隣が俺の——というか俺が使わせてもらっている友人の部屋だ」

「入ってもいいですか？」

「勿論」

答えてから叔父は、一瞬思考を巡らせるような顔をした。

青少年にとってマズいものはないかと考えたのだろう。仮にあったとしても興味はないので安心してほしいと伝えたいが、伝えたほうが構えられるとわかっているので気づかぬふりを貫いた。

「しかし椅子くらい欲しいよな。ああ、そうだ」

叔父はそう言ったかと思うと「ちょっと待っててくれ」と言い置き、部屋を出ていった。そしてすぐに自身の部屋から会社の重役が座るような革張りの立派な椅子を引き摺ってくる。

キャスター付きなので一人でラクラク運べたわけだが、椅子があるということは叔父の部屋にはこの椅子に相応しい立派なデスクがあるんだろう。

「これ、使ってくれ。荷物が来たら知らせるから、寝ててもいいぞ」

それじゃあな、と叔父が部屋を出ていく。寝るもなにも。元気なんですけど、と思いながら僕は、早速叔父の部屋を見に行くことにした。

なんとなくノックをしてからドアを開ける。

「なるほど」

広さは十畳ほどだろうか。壁際にはベッド。サイズはダブルのちょい大きめ。窓の傍、想像どおりの立派なデスクの上には堆《うずたか》く本が積まれているが、多分叔父のものではないだろう。

デスクの横には本棚。日本語じゃないものが半数以上あるところを見ると、叔父の友人――ロンドンに行ったきりだという探偵事務所の所長のものだろう。

机の上にある本も本棚にしまえば、この机が使えるのではないだろうか。叔父が使っていないのであれば、勉強はこの部屋でやらせてもらえばいいような。

いっそ、部屋を入れ換えるのはどうかと提案したいが、居候となる身としては贅沢も言えない。そう思ったはずなのだが、奥の扉を開いたところに大きな洗面台があり、その奥にシャワールームがついているのがわかったあとには、俄然、この部屋を使いたくなった。

平井悟郎という名の叔父の友人は確か、独身だったはずだ。ロンドンに行ったのも彼自身のSNSによると、旅行中に『運命的な出会い』をしたため——要は色恋にはまってしまったため、だった。

彼が渡英するまでは、この探偵事務所も予約困難なほど人気があったのだ。それをたった半年で不人気事務所にしてしまう叔父は、ある意味才能があるってことかもしれない。

クロゼットを開けてみると、趣味の良い服と安そうな吊るしのスーツが詰め込まれている。僕が来ることになったので、あっちの部屋から運んできたのだろうか。そうだとしたら申し訳ないことをした。こうもぎっちり収納してしまうと、カビが生えないか心配だ。

吊るしのスーツも、着ていないものが殆どではないかと思う。なら捨ててしまえ、と思うも、勝手に捨てるわけにはいかないのでそっと扉を閉める。

そのうちに捨てていくことにしよう。呟きながら再びシャワールームと大きな洗面台に向かう。洗面台の前には椅子もあり、これなら『顔』を作れると思うと自然と笑みが零れた。

洗面台はあまり使われていないようだった。叔父は二階の洗面所で顔を洗っているらしい。

一通り叔父の部屋を観察したあと、僕は二階に下りてリビングダイニングや浴室、トイレなどを見て回り、自分が今日から生活するのに快適な空間であることを早々に理解した。

しかしその『快適さ』は叔父によるものではなく、このビルの持ち主である平井氏のおかげだろう。それが証拠に、この家で唯一不満を言うとすれば、リビングダイニングや浴室の掃除が行き届いていないという点のみだからだ。

彼と会ってみたい。叔父より興味を惹かれる。叔父には申し訳ないが、と肩を竦めてしまっていた僕の視界に、ダイニングテーブルに付随する二客の椅子が映る。

平井は誰とここに住むつもりだったのだろう。叔父ではないことは明白だ。まあ誰であったにしても、二人暮らせるだけの用意が調っていてよかった。そんなことを考えながら家の探索を終えると僕は自室へと戻り、キャスター付きの椅子に座りながら例の『作戦』について考えた。

今夜——は無理だろうか。片付けるには早いに越したことはない。僕の歓迎会をやろうと言ってくれているくらいだから、叔父も他に用事はないだろう。

取り敢えず、準備にかかろう。『奴ら』が行動するのは夜。早くて夕方だ。それまでに仕度を調える必要がある。

単独では困難な部分に叔父の力を借りることができれば、実にスムーズにことは運ぶはずだ。問題はいかにして叔父を動かすかだが、それも叔父の性格を鑑みるにそう難しくはないと思う。

よし、と一人頷くと、持ってきたボストンバッグを開け、中から『計画』に必要な荷物を取り出す。

失敗の経験はない。だからといって気を抜くわけにはいかない。必要なのは緻密さ。そして柔軟さ。どちらも兼ね備えている自負はある。

それでも用心は重ねようと『計画』を頭の中で組み立て始めた僕の脳裏に、大岩兄弟の醜悪な顔が浮かぶ。

顔立ちは二人ともそこそこ整っているが、腐った性根が顔に表れているのだ。二度と悪事を働けないように社会的に抹殺してやる。決意を新たにする僕の拳は気づかぬうちに固く握られていた。

3

あいかわらず、今日も来客はゼロだった。麗人に『接客態度が酷すぎる』と注意されたことが地味に堪えていた俺は、かかってきた電話にはできるかぎり愛想よく応対したものの、依頼に結びつくことなく切られてしまった。

人気回復には何をしたらいいのか、と考えていた俺の脳裏に、自信満々に告げていた麗人の綺麗な顔と、とんでもない発言が蘇る。

『要は実績を上げればいいんです』

仰るとおり。しかも彼はその『実績』をあろうことかこう告げたのだ。

『というわけで、僕がこの探偵事務所に来てからの初仕事は、大岩一喜逮捕にしましょう』

逮捕ができれば、と自然と顔が険しくなっていたことに気づき、はあ、と大きく息を吐き出す。

大岩代議士の長男、一喜は車に連れ込もうとした女性に抵抗され、彼女を追いかけようとしたところ、ヒールが高いパンプスのせいで転んでしまった彼女を避けることができずに結果として轢き殺した。彼が運転していたのは間違いない。現場近くの防犯カメラに映っていたのは、一喜と学友のみだった。

捜査を続けるうちに、一喜が学友たちと彼の運転する自慢の外車でナンパを繰り返していたことがわかった。しかし自首してきたのは大岩代議士の第二秘書で、俺が裏付け捜査をしている間に早々に送致されてしまったのだ。

秘書は犯人たり得ない。彼は事件当時のアリバイが成立していた。現場から遠く離れた都下のコンビニで買い物をしていた証拠を見つけたのは俺だった。が、聞く耳を持たれることはなかった。

身代わり自首であることは明白なのに、なぜ、送致するのか。納得がいかない、と上司である相馬《そうま》捜査一課長に詰め寄ったが、『そういうものだ』で終わった。それなら、と、日頃から俺に目をかけてくれていた小野寺《おのでら》管理官に訴えたが、彼からも『口を閉ざせ』と諭されて終わった。

それで俺は絶望してしまったのだ。犯人ではないとわかっている人間を逮捕することについて、警察上層部に疑問を覚えている人間は誰もいない。俺には異常事態に思えることが、警視庁では常識としてまかり通る。

警察は縦社会であるし、ある程度の忖度《そんたく》が働くことは、俺も理解していた。しかし、実際犯罪を行った人間を忖度で見過ごすのを目の当たりにしては黙っていられなかった。

大岩代議士に直接ぶつかるか、と考えていたのを悟られ、馬鹿げたことはよせと課長からも管理官からも説得された。

『君の将来を考えているからこそ、止めるんだ』

君のためだ、と繰り返す上司たちを見ているうちに、すべてが馬鹿馬鹿しくなってしまった。

何が君のため、だ。刑事の仕事は犯罪者を逮捕することだ。将来なんてくそくらえ。ここに俺の『将来』はない。

勢い――だったと思う。辞表はすぐに受理された上に、マスコミに余計なことを喋るなと釘を刺されたのがまた不快だった。

週刊誌に売ったところで握り潰されると脅されもした。自分の周囲に『正義』はない。それを思い知ったときに、俺の中でプツ、と何かの糸が切れたのがわかった。

刑事になって十年以上経つ中で、理不尽と感じることは結構あった。しかし『黒』を見逃した上に、『白』を『黒』とせよという命令に従うことはどうしても無理だった。

青臭い正義感は捨てろ、と先輩には諭され、辞めないでくださいと後輩には泣かれた。先輩は青田《あおた》、後輩は工藤《くどう》というのだが、未だに彼らは俺を心配してくれているようで、たまに電話をかけてくる。

二人は俺のように勢いでは警察を辞めなかった。しかしそれでよかったと思う。彼らのような正義の心を忘れない刑事が警察内にいると思えば、警察も信頼を失わずにいられるというものだ。

いつしかぼんやりと過去に思いを馳せてしまっていた俺を我に返らせたのは、ポケットに入れていた携帯が着信に震えたからだった。

「メールか」

画面を見てメールに気づき、開いてみる。送信者は麗人だった。

『忘れ物をとりに一度家に戻ります。宅配便は受け取っておいてください。夕食は一緒にとりたいので待っていてもらえますか？』

「忘れ物って……」

そういうことなら言ってくれれば車を出してやったのに。聞いたばかりの電話番号にかけてみたが、移動中なのか彼が電話に出ることはなかった。

まだ家にいるのなら、と二階に上がって声をかけてみたが、既に二階の玄関から出かけてしまったらしく、二階にも三階にも彼の姿はなかった。

「お」

椅子も俺の部屋に戻されており、デスクの上に乱雑に置いてあった何冊もの本が綺麗に本棚に戻されていた。

勉強机、これでよくないか？　ふとその考えが浮かんだが、この大きな机を運んだら部屋が狭くなるか、と思い直す。

この部屋で勉強してもらうとか？　いや、いっそ、部屋を交換するか。

「…………」

それも手だな、と部屋を見渡す。平井の荷物がかなり残ってはいるが、部屋はこっちのほうが広いし、勉強用の机もあるので来年受験生となる彼にはこの部屋のほうがいいだろう。

奥には洗面台やシャワーがついている。早朝でも夜中でも浴びたいときに浴びてもらえる。

高校生の生活時間帯が今一つわかっていないが、朝は確実に今俺が起きている時間より早いのではないか。

麗人が戻ったら、部屋の交換を申し出てみよう、と心を決めると俺は、おそらく時間を潰すだけで終わってしまうことになるとわかりつつも、仕事に戻るため事務所へと引き返したのだった。

予想どおり、一人の客も来ないまま終業時間の六時半となり、事務所を閉めたのだが、未だ麗人は戻ってこない。

七時も過ぎたので電話をかけてみたが、留守番電話に繋がるだけで応対に出てはもらえなかった。

八時になってもまだ、彼が戻ってくる気配はないし、携帯も相変わらず繋がらない。

一体どうしたことかと俺は次第に心配になってきてしまった。

宅配便で段ボールが五箱、ちゃんと届いてはいるが、実際俺と顔を合わせてみて、そしてこの事務所を自分の目で見た結果、一緒に暮らすことが嫌になった——とか？　だからこっそり出ていった？　さすがにそこまで自分勝手な少年には見えなかったが、と俺は首を傾げた。

散々生意気なことを言っていたが、悪い子には見えなかった。我が儘な印象もない。中二病っぽいなと感じることはあったが、常識はありそうだった。

もし、彼がここに住みたくないという結論に達したら、理路整然とその理由を述べてから『失礼します』と挨拶をして出ていくんじゃないかと思う。

彼に不測の事態が起こったのだろうか。まさか交通事故とか？　警察に届けるか。その前に何かヒントは、と、麗人のために用意した部屋へと向かう。

ボストンバッグはあった。クロゼットを開けると、彼が着ていた服が下がっている。着替えて出ていったということか、と思いながらクロゼットを閉め、ボストンバッグへと目をやる。

プライバシーの侵害となるが、開けてみるか。もしかしたら書き置きが入っているかもしれないし、と、バッグを手に取る。と、そのとき携帯が着信に震え、俺はバッグを下ろすと尻ポケットから取り出したスマホの画面を見た。

「……なんだよ」

またもメールで差出人は麗人だった。まったく心配させやがって、と、メールを開いてみてぎょっとする。

『今、麻布《あざぶ》にいます。間もなく大岩一喜と接触予定です。応援、頼めますか？　できれば車で』

「なんでだよっ!?」

どういうつもりなんだ？　なぜ彼が大岩一喜と接触する？　意味がまったくわからない。しかも『応援』ということはすなわち、自分が危険な目に遭うことを想定しての要請だろう。

まずは状況を聞かねば、と電話をかけるも出ようとしない。それなら、

『馬鹿な真似はよせ。接触などせず帰ってこい』

とメールを返すとすぐさま返信があった。

『逮捕のチャンスです。すぐ来てください』

「お前はっ」

一体何をやらかす気なんだ。一喜がどれほど危険かわかっているのか？　人を殺そうが逮捕を免れる術を持っていることを、彼は理解しているのではなかったか。

ああ、本当に何をやってくれているんだ。中二病をこじらせるのもたいがいにしろ。こじらせるなら頭の中だけに留めておけ。

悪態をつきながらも、こうしてはいられない、と駐車場に走る。まずは麻布に向かい、麗人が危ないことをしでかす前に彼を回収せねば。

しかしなんだって麻布なんだ？　お得意の『ネット』で突き止めたとでもいうのだろうか。空腹だったこともあって苛立ちを覚えながらも俺は、甥の無事を祈らずにはいられないでいた。

※　※　※

『仕度』をすませると僕は、叔父に気づかれないようにと配慮しつつ、忍び足で居住スペースの玄関から出て階段を下り、駅へと向かって歩き出した。

夕方まで時間を潰し、夜に勝負をかける。それまでは一喜の居場所を探ることにするか、とスマートフォンを取り出した。

一喜のスマホの位置情報はＧＰＳで取得済みだった。本当にネットというのはあらゆる情報があまりに不用意に晒されている危険な場所だということを皆、もう少し自覚したほうがいい。

夕方になるまで一喜は自宅のある渋谷区にいたが、六時頃、車で自宅を出たのがわかった。行き先は六本木。食事をしたあと、いつものように車に乗り込み、ナンパ目的で麻布方面へと向かったことがわかる。

それにしても人を一人轢き殺しておいて、なんの反省もなく同じような行為を繰り返すことができる彼の、そして仲間の神経がまったく理解できない。普通の神経をしていたら罪悪感を覚えるものなんじゃないのか、と憤りを覚えずにはいられない。

事故は故意ではないと、『身代わり』は主張していたが、こうも無神経でいるところを見ると、案外振られた腹いせに女性に向かってアクセルを踏み込んだのではとさえ思えてくる。

彼の車はベンツのEクラスカブリオレ。四人乗りのスポーツタイプのオープンカーだった。色は白。これ見よがしに金持ちらしさを振りまき、女性を誘う。同乗しているのは彼の学友二人。車に乗ろうものなら、彼の部屋に連れ込まれ、とても口には出せない行為を強要されるという。

被害者の女性はかなりいるが、行為中の写真を撮られて脅されることもあって、警察に届け出る被害者の数は少ない。届け出たとしても、大岩代議士が裏から手を回し、大金を積むことで示談にしてしまうという。

さすがに車で轢き殺した女性については『示談』にはできず、身代わりの犯人を仕立て上げ自首させた。自分の子供が犯した罪を隠蔽するのが親の務めとでも思っているのか。ますます憤ってきてしまったが、冷静にならねば、と気持ちを鎮める。

一喜の悪行も今日で終わりだ。叔父のスマホの位置情報も当然ながら入手済みだった。頼んだとおり車で来てくれたのはありがたい。間もなく到着するなと察し、いよいよ行動に移すことにした。

　バッグからコンパクトを取り出し、開いて鏡に顔を映す。鏡の中には滅多に見ないような『美少女』がいる。いや、どちらかというと『美女』だ。二十歳くらいに見えるように化粧を施した。

　服装は清楚系のワンピース。スカート丈だけ少し短い。足の長さとすらりとした形状には自信がある。最初は車の中から遠目に見られることを想定し、スカートの長さを決めた。

　さて、そろそろ通りかかる頃だ。この辺は人通りが少なく、『ナンパ』には適している道だ。お稽古帰り、という体でいこうと、久々のハイヒールゆえ転ばないよう気をつけつつ歩き始めた僕の前方から、目的の車がやってきたのがわかった。

　白のコンバーチブルのベンツ。間違いない。両目とも視力2・0の目には、運転席に座る一喜の顔がしっかり見えた。

　僕に気づき、にやりと笑った顔まで見える。醜悪な笑顔だ。腹立ちを覚えつつも顔には出さないように心がけ、何も気づかないふりをして歩き続けた。

「ねえ、君」

　予想どおり、僕のすぐ横で車を停めた一喜が声をかけてくる。足を止めずに歩きだ

そうとすると再び、

「君だよ、君。無視しないでよ」

と明るい声音で一喜が尚も声をかけてきた。

「あ……の？」

自分か、と、初めて気づいた顔をし、一喜を見る。

「どこ行くの？　駅までなら送るけど？」

一喜のナンパが成功するのは、見るからに金持ちそうなことと、一見、好青年風の外見をしているためだった。

スポーツ――テニスやゴルフを嗜《たしな》んでいるふうに見える。わかりやすいスケベ顔ではないし、素行が悪いようにも見えない。彼の取り巻きたちも同じで、『いいところの坊ちゃん三人』が親切心から車に乗せてくれようとしている、そんな雰囲気の作り方がうまい。

「あ、大丈夫です。ありがとうございます」

今時、地方のヤンキーでも車でのナンパなどダサくてやらないという認識を覆すスマートな声がけ。世間知らずなお嬢さんも、世間を一応知っているお嬢さんも騙されてしまうのはわかる気がする。

それだけに許せないのだが。そう思いながら笑顔で断り、歩き続けようとすると、路肩に車を停めた彼らが車を降り、しつこく追いかけてくる。

「君みたいな可愛い子、一人で暗い夜道を歩かせるのが心配なんだ」

「最近、この辺は危ない奴らが出没しているっていうし、送らせてほしいな」

「大丈夫。僕たち、S大学の三年生だよ。それに彼、大岩代議士の息子だよ。知ってるだろう？　大臣まで務めたことがある政治家だし」

「ええ、知ってますが……」

訝しさを保ちつつも、大岩代議士の名前に反応するという演技をした僕に、取り巻きのもう一人が、「それならさ」と笑いかけてくる。

「親の名前に傷をつけるようなこと、するわけないと思わない？」

イケメンといっていい彼の顔は、少し引き攣っていた。まったく同情はできないもののの、これが彼に課された役割なのだろう。

「いや……あり得るんじゃないですか？」

そろそろ叔父も現場に到着する頃だ。この辺りで仕上げといこう、と僕は女の声色を作り、にっこり、と彼らに笑いかけた。

「え？」

何を言われたのか、咄嗟に理解できなかったらしい取り巻きが戸惑いの声を上げる。

「普通にあるのかなって思ったんです。だってこの辺で出没している危ない奴らってあなたたちのことですよね？」

にっこり。挑発的な笑みを浮かべ、一喜を真っ直ぐに見据える。

「なんだ、この女」

一喜が不快そうな顔になったのを見て僕は更に彼を挑発してやることにした。

「白ベンツのコンバーチブルには気をつけろ。確実に部屋に連れ込まれるからって。訴えようものなら大岩代議士が圧力かけてくるってかなり噂になってますけど、まさか本当だとは思ってませんでした。いやだー、ネットの噂って真実だったりするんですね」

「うるせえ、ブス！　なんだそのネットの噂っていうのは」

早くも一喜は『好青年』の仮面を脱ぎ捨てていた。

「え？　知らないんですか？　インターネットでかなり噂になってますよ。大岩一喜さん。あなたがナンパに失敗した女の子を轢き殺したって」

「なんだと？」

ますます不愉快そうに顔を歪めたのは一喜だけで、残りの二人は、ぎょっとした表情になっている。

「その罪をお父さんの第二秘書に押しつけたんでしょう？　第二秘書もいい迷惑ですよね。お父さんに恩を売れたから一生安泰ってことなんでしょうけど。それにしても一生って長くないですか？　何億貰おうが、前科者という扱いになること、本人は本当に納得できるのかな。自分の子供ができたらきっと、その人も後悔するでしょうね。そのときにまた、お父さんはお金を出すのかしら」

「ふざけるな、ブス」

一喜が怒声を張り上げる。

「あなたが女性を貶めようとするときに使う悪口って『ブス』以外にないんでしょうか？　ボキャブラリーが貧困なんですね」

やれやれ、とこれ見よがしに肩を竦めてみせる。これは叔父をも怒らせた仕草なので、叔父より怒りの沸点が低そうな一喜を激高させるには充分のようだった。

「てめえ……っ」

怒りにまかせ、一喜が殴りかかってくる。容易く避けることができるパンチだ、と身体をかわし、尚も彼を挑発する。

「人殺し！　ああ、怖い。全然懲りてないのね。これから何人殺すんだか」

「うるさい！　おい、この女の口を塞げ！」

一喜が激高し命じるが、学友二人は動こうとしない。二人の顔には恐怖というに相応しい表情が浮かんでいた。

そりゃそうだろう。一喜が被害者を轢き殺したとき、彼らはその場にいた。『バレない』という一喜の言葉を信じたに違いない彼らが、『バレている』と察したときに、自身の将来を慮《おもんぱか》らないはずがなかった。

「これ以上、罪を重ねるのかしら。大岩代議士だって、いつまでも現役とは限らないんじゃないの？　何か不祥事があれば一発でアウトになる世の中ですもの。それこそ、身代わり自首がバレたら、その時点で終了なんじゃないかな」

「うるさい！　そいつを黙らせろって言ってんだろうがっ」

一喜が金切り声を上げたそのとき、待ちに待った人物がようやく登場した。

「おい、何をしている！」

ジャストのタイミングだ。まるで図ったかのように。

どうやら僕と叔父の相性は相当いいようだ。ことというタイミングで登場してくれるとは、と、つい微笑んでしまいながら視線を叔父へと向ける。

「なんなんだよ、今日は」

むっとしたことを隠そうともせず、一喜が叔父を見る。叔父は驚いた顔となったが、すぐ、一喜を糾弾しはじめた。

「何をしている、と聞いたんだ。その女性に危害を加えようとしているように俺には見えるんだが」

叔父は実に堂々としていた。強面に加え、双眸の厳しさはさすが警察官憧れの的、本庁捜査一課の刑事だっただけのことはある。

「なんだ？　お前は」

しかし一喜は叔父の顔を覚えていないようだった。一喜にとってはヒラの刑事など眼中になかったということだろう。

「か、一喜さん、刑事です。しつこく俺たちの周りを嗅ぎ回っていた……っ」

取り巻きの一人が思い出してくれたことに、僕は心から感謝した。

「刑事？　ああ、警察を辞めたっていう馬鹿な刑事か」

彼のおかげでどうやら一喜も叔父を思い出してくれたらしい。さも馬鹿にしたような口調でそう言い捨て、叔父を怒鳴りつける。

「俺たちが何をしようが、お前に関係ないだろうが。もう一般人なんだろ？　引っ込んでろよ！」

「引っ込んでいられるわけないだろうが！　人一人殺しておいて、まだお前は懲りずに同じことを繰り返す気か！」

凛とした叔父の声が周囲に響き渡る。惚れ惚れする、と僕が感心するその声に、一喜の連れは青ざめたが、一喜自身の心にはまるで響かないようで、

「馬鹿か」

と笑いながらこう吐き捨てた。

「俺は人なんて殺してない。犯人は自首しただろうが」

「身代わり自首だってことはわかってるんだ！」

叔父は尚も一喜を糾弾したが、一喜はそんな叔父をせせら笑った。

「警察はあいつを『犯人』と認めて送検したろ？　それがすべてだ。警察辞めたお前が何を言おうが、世間は耳を貸さないぜ」

「警察は長いものに巻かれたって言いたいのね」

決定的な一言が欲しいと、ここで僕は口を出すことにした。

「ああ、そうだよ。親父は警察にとって『長いもの』だ。わかってないのはこの馬鹿刑事だけだ。だからクビになったんだろ」

僕に向かってそううそぶいたあと一喜は、

「ネットの噂だって揉み消してやるよ。書き込んだ連中、一人残らず名誉毀損で訴えてやる」

と胸を張る。

「そんなことしたら、あなたが轢き殺した女の子の事件がまた、蒸し返されることになるんじゃないの？」

わかりやすく馬鹿にしてみせた僕に一喜が殴りかかろうとする。

「てめえっ」

「よせっ」

僕の前に叔父が飛び出してくれたおかげで、殴られずにすんだ。かわりに叔父が殴られたわけだが、拳を受けても少しも怯むことなく、それどころか一喜を尚一層厳しい目で見据え、彼を一喝する。

「お前の父親が権力を使っていくら揉み消そうが、お前が犯人であるという事実は消しようがないんだ！　お前は一生、人を殺した罪を背負って生きていくことになる。お前も、お前もだ！」

叔父が一喜を、彼の学友たちを順番に睨む。学友たちはますます青ざめ、声を失っていたが、一喜はまったくこたえておらず、叔父をせせら笑った。

「脅しても無駄だぜ。轢き逃げ犯はもう自首して起訴されている。裁判でも自白が覆ることとなんてない。無罪になろうものならまた親父に頼むまでのことだ。だから安心しろ、お前ら」

「殺人まで揉み消すなんて、大岩代議士って本当に親馬鹿ね」

言質はとっておこう。それでそう告げた僕の挑発に、一喜は見事に乗ってくれた。

「ああ、そうだよ。お前も名誉毀損で訴えてやる。吠え面かかせてやるからなっ」

「まあ怖い」

またも挑発した僕に殴りかかろうとした一喜の腕を、叔父が掴む。

「放せっ」

その手を一喜が振り払ったときに、パトカーのサイレン音が響いてきた。

「さっき通報したの。身の危険を感じたから。これもまたお父さんに揉み消してもらう？」

僕の言葉にチッと舌打ちすると一喜は、青ざめている学友二人を振り返った。

「面倒くさいことはご免だ。行くぞ」

「は、はい」

二人は真っ青になりながらも、一喜に命じられるまま、ベンツへと戻っていく。そのまま車を発進させるのを見送っていた僕へと叔父が声をかけてきた。

「お嬢さん、大丈夫ですか」

「……叔父さん」

「え？」

まさかわかってないのか。メイクはしているが『顔』はそう変えていないというのに。声もそうだ。

こんな鈍さで探偵業が務まるのだろうか。呆れてしまったこともあって物言いは自然とぞんざいになった。

「僕です。麗人です」

「麗人君!? 君が？ 嘘だろ？」

叔父は仰天した声を上げたが、いつの間にかパトカーのサイレン音がしなくなったことに気づいたらしく「あれ？」と周囲を見回している。

「効果音ですよ」

そう言い、ポケットから取り出したスマートフォンを示すと僕は、もう一度『遠くから聞こえるパトカーのサイレン音』を再生してやった。

「……お前なあ……」

叔父は充分驚いているようだが、まだまだ甘い、と僕は胸元に仕込んでおいたもう一台の小型のスマホの画面を示してやった。

『脅しても無駄だぜ。轢き逃げ犯はもう自首して起訴されている。裁判でも自白が覆ることとなんてない。無罪になろうものならまた親父に頼むまでのことだ。だから安心しろ、お前ら』

「……え？」

今、叔父の頭の中が真っ白になっているのは顔を見ればわかった。しかしすべてはこれからだ、と僕は叔父ににっこりと笑いかける。

「コレ、ネットにＵＰしたいんで、早く家に帰りましょうよ、叔父さん」

「…………」

鳩が豆鉄砲を食らったよう――というのは、まさに叔父の表情を言うのだろう。この顔も記念に撮っておくかとスマホを操作しながら僕は、

「帰りましょう」

と再び叔父を促し、立ち尽くす彼を残して車へと向かったのだった。

4

何から何まで信じられない。その一言に尽きた。

麗人の要請で駆けつけた場所にはあの大岩一喜と仲間が、そして彼らに絡まれている美少女がいた。

彼女の容姿が滅多に見ないほど整っていることにも驚いたが、一喜と堂々と渡り合っていることにはますます驚き、一体何者なんだ、と疑問を覚えたせいで麗人を捜すという目的を一瞬、忘れてしまった。

「刑事？　ああ、警察を辞めたっていう馬鹿な刑事か」

一喜は最初、俺のことを覚えていなかった。が、取り巻きに言われて思い出したようで、言葉どおり、さも馬鹿にした顔で罵ってきた。

「俺たちが何をしようが、お前に関係ないだろうが。もう一般人なんだろ？　引っ込んでろよ」

「引っ込んでいられるわけないだろうが！　人一人殺しておいて、まだお前は懲りずに同じことを繰り返す気か！」

彼は少しも懲りていない。そのことに俺は少なからず衝撃を覚えた。

こいつは本物のクズだ。犯した罪への罪悪感がまるでない。それを証拠にこうして美少女をまた車に連れ込もうとしている。

ふざけるな、という思いで怒鳴りつけた俺に対する一喜のリアクションは、ある意味予想どおりのものだった。

「馬鹿か。俺は人なんて殺してない。犯人は自首しただろうが」

「身代わり自首だってことはわかってるんだ！」

指摘したところで一喜が少しもこたえていないことは、彼の言動からよくわかった。

「警察はあいつを『犯人』と認めて起訴したろ？　それがすべてだ。警察辞めたお前が何を言おうが、世間は耳を貸さないぜ」

と、ここで美少女がなぜか口を挟んできた。

「警察は長いものに巻かれたって言いたいのね」

「ああ、そうだよ。親父は警察にとって『長いもの』だ。わかってないのはこの馬鹿刑事だけだ。だからクビになったんだろ」

なぜ彼女がそんな発言をしたのか。それを理解したのは『美少女』の正体が麗人とわかってからだった。

麗人は自宅に戻るとパソコンで何か作業をしていたが、すぐ、

「見て、叔父さん」

と動画サイトをスマートフォンで示してみせた。

『脅しても無駄だぜ。轢き逃げ犯はもう自首して起訴されている。裁判で自白が覆ることなんてない。無罪にでもなろうものならまた親父に頼むまでのことだ。だから安心しろ、お前ら』

『殺人まで揉み消すなんて、大岩代議士って本当に親馬鹿ね』

『ああ、そうだよ。お前も名誉毀損で訴えてやる。吠え面かかせてやるからなっ』

顔はぼかしてある。が、一喜を知っている人間であれば容易に察することができるであろうぼかしかただった。

「知り合いの人気ユーチューバーが拡散してくれたので、今、閲覧数は軽く十万を超えています。明日には七桁、行くでしょう。テレビ局からも問い合わせがきているので、明日の朝のワイドショーで取り上げられるかもしれませんね」

にこにこ笑いながら、麗人が告げる言葉の半分も俺は理解できていなかった。

「……つまりは……既に十万人がこれを見たってことなんだよな？」

「そうです。大岩一喜が轢き逃げ犯で、それを父親の大岩代議士が揉み消したという

事実を、明日には百万人を超す人間が知ることになる。警察も無視できなくなるんじゃないですかね」

「……しかし……」

こんなことをして、問題にならないわけがない。呆然としつつもそれを指摘しようとした俺に対する麗人のリアクションは、

「安心してください」

という、実に堂々としたものだった。

「海外のサーバーをいくつも経由していますので、UPしたのが僕だとは絶対に突き止められません」

「皆、顔と音声をぼかしているのに、なぜ俺だけぼかしも音声変更も甘いんだ？」

そこも納得いかない、と突っ込むと、

「だって、探偵事務所の宣伝にならないじゃないですか」

と当然のように麗人が目を見開き答える。

「これを見れば誰もが、叔父さんが正義感溢れる元警視庁捜査一課の刑事だということがわかるでしょう。叔父さんに仕事を依頼したいというクライアントが今後爆発的に増えることは間違いありません」

「………」

確信に溢れる表情をする彼を前に俺は、何を言うこともできずにいた。と、そのときスマートフォンが着信に震え、誰だ、と画面を見る。

「悪い」

電話をかけてきたのは警視庁の後輩、工藤だった。

「もしもし？」

麗人に断ってから応対に出た俺の耳に、工藤の戸惑った声が響いてくる。

『武知さん、ネットで大岩一喜が犯行を自供しているの、見ましたか？　それを受けて大岩代議士が辞職を発表し、こっちも大騒ぎになってます。武知さん、その場にいたんですよね？　一体どういうことなんです？』

「……俺もよくわかってないんだ」

それしか言えない。今日引き取ったばかりの甥っ子の仕業であるのは間違いないのだが、説明のしようがないのだ、と思いつつ告げた俺に対する工藤の返事は、

『なんにせよ、よかったですよね』

という、気持ちの籠もったものだった。

『武知さんの執念が実って、本当に嬉しいです。検事からも捜査をやり直すようにと

いう指示が下りました。身代わり自首、絶対にひっくり返してみせますので！』

それじゃあ、と興奮した口調のまま、工藤が電話を切る。未だ呆然としていた俺に、
麗人が笑いかけてきた。

「よかったですね、叔父さん」

「……ああ……ああ……」

頷く俺の胸に、なんともいえない感情が湧き起こる。

まさか一喜に手錠をかけられる日が来ようとは、予想していなかった。彼が己の犯した罪を少しも反省していないことがわかり、憤りを覚えたばかりだっただけに、思いもかけない展開にただただ言葉を失う。

「明日からきっと、依頼が殺到しますよ」

涼しげな顔でそう言う麗人にどう返していいのかわからず、声を失っていると、麗人がまたも笑いかけてきた。

「よかったじゃないですか」

「よかった……のか？」

未だに俺は何が起こっているのかまるで把握できていない。本当によかったのだろうか、あれで、と、戸惑わずにはいられなかったがゆえについ口から零れた言葉に対

し、麗人がきっぱりと、

「勿論です」

　と頷いてみせる。

「一喜を逮捕し、人気事務所にしてみせると僕は言いましたよね。僕のモットーは有言実行。これで叔父さんに恩も返せるというものです」

「恩って、何に対してだ？」

　素でわからず問いかけた俺に、麗人が驚いたように目を見開く。

「六歳のときに会っただけの甥を引き取ってくれたことに対する恩義ですけど？」

「恩義も何も、当然のことだろう？」

「当然じゃないですよ。叔父さんには拒否権もあったって、もしかしてわかってないですか？」

「いや、拒否権はないだろう。天涯孤独になる甥の面倒を見るのは当然のことだと思うが」

　違うのか？　と思いつつ告げた言葉を聞き、麗人が呆れ返った顔になる。

「叔父さんってなんていうか本当に……バカがつくほどいい人ですねえ」

「……ちょっと待て」

呆れるのはこっちだ、と俺は、『バカ』という言葉のせいでようやく自分を取り戻し、麗人に詰め寄った。

「自分がどれだけ危険なことをしたか、わかってないのか？　一歩間違えれば大怪我をしたかもしれないんだぞ？」

「しなかったじゃないですか。叔父さんが駆けつけてくれたから」

「あれは運がよかったんだ。俺が間に合わなかったら……」

「間に合うとわかっていたからやったんですよ」

何を言っているんだか、と尚も呆れてみせる麗人に俺は、

「あのなあ」

と彼を真っ直ぐに見据え、口を開いた。

「大岩一喜は既に人を一人殺している。それでもなんの躊躇もなく同じことを繰り返しているような男だぞ。身の安全を考えれば近寄ってはいけない人間だ」

「わかってます。でも放置はできなかったんです。彼も、それに彼そっくりの弟も」

「なぜ」

そこが俺にはわからない。問うてからもしや、と思いついた理由を確かめる。

「君が個人的に何か害を被ったのか？」

「いえ？　別に」

「ならなぜ？」

それ以外に一喜の犯罪を摘発しようと思う理由がわからない。問いかけた俺に対し、麗人は答えをまとめようとしたのか、一瞬、考える素振りをしたが、すぐに苦笑めいた笑みを浮かべ、口を開いた。

「理由は……犯罪者を憎んでいるからです」

「……なんだって？」

思わず疑問の声を上げてしまったのは、答えが思いもかけないものだったからだ。『憎んでいる』と言ったときの麗人の表情を見るに、どうも子供らしい正義感から出た言葉じゃないのでは、と思えて仕方がなかった。

何か具体的な人物を思い描いているのではないか。それが一喜なのか、と問おうとした俺に対し、麗人は、

「何せ叔父さんの甥ですからね」

にっこり笑ってそう告げ、話をここで終わらせた。

「ともあれ、無事に一喜も逮捕されそうですし、これからも二人で頑張りましょう。探偵事務所を守り立てていきますよ」

とびきりといっていい笑顔で麗人はそう告げると、右手を差し出してくる。しかしその手を取るより前に確認しておきたい、と尚も問う。

「いつもあんなこと、しているのか？」

「あんなことって？」

わかっているだろうにとぼける麗人に、とぼけさせるものかと問いを重ねる。

「女装して誘い込むとか、そういう危険なことだ」

「いつもじゃありません。必要がなければしませんよ」

途端に麗人は呆れた口調になったかと思うと、話を変えようとしたのか彼のほうから俺にまくし立ててきた。

「叔父さん、僕は叔父さんを尊敬しています。でも民間人になったんですから、これからは多少の忖度は覚えてくださいね」

「忖度？」

話を変えようとしているとわかっていたはずなのに、つい彼の言葉に反応してしまう。と、問い返した俺に麗人が、さも当然、と言うように頷いてみせる。

「要は腹芸ですよ。叔父さんはピュアすぎるんです。正面からぶつかることが全てではない。今回のように亜流ともいえる手法は事件解決の早道となります。そこを認識したほうがいいですよ。人気の探偵事務所となるためには」

「いや、亜流すぎるだろう。アレは」

この件に関しては、未だに俺は何が起こったのかを正確に把握できていないような状態だった。ただ一つわかるのは、大岩一喜が犯した罪で逮捕される可能性が出てきたこと。そしてそれを為し遂げたのが目の前にいるこの、絶世の美少年にして血の繋がった甥である麗人だということだ。

中二病と相手にしていなかったのに、麗人は見事に結果を残した。そういえば俺は彼に礼を言っただろうか。

まだ言ってなかったような、と慌てて俺は麗人に向かい頭を下げた。

「……ともあれ、ありがとう。君のおかげで身代わり自首を覆せそうだ」

「礼なんていいですよ。僕こそ助かりました。叔父さんが迅速に動いてくれたおかげです」

にこにこと笑いながら麗人は答えてくれたが、『動いてくれたおかげ』というのはやはりどうしても上からに感じてしまう。

「しかし君は高校生だ。今回のような無茶はしないでもらいたい」

これだけはやはり、きっちり押さえておきたい。世話になっておいてこんなことを言うのは申し訳ないとは思うが、危険なことをしていると自覚させる必要がある。

俺が間に合ったからいいものの、下手をしたら美少女と間違えた彼らに襲われていたかもしれないのだ。男とばれたあとには暴力を振るわれた可能性も高い。

そんなことになろうものなら、姉に申し訳が立たない。それで念を押すと、麗人は、やれやれ、というような顔になり、肩を竦めた。

「さっきも言いましたけど、無茶をしなければ逮捕できなかったって、わかってますよね？」

「にしても、君を危険な目に遭わせるわけにはいかない。わかるだろう？」

「まあ、そうですよね」

僕の言葉に麗人が納得したように頷いたのは予想外だった。結果を残したのだからいいだろうと開き直ることを予想していたのだが、麗人は俺の注意にしおらしく頭を下げてきた。

「申し訳ありませんでした。本当に助かりました」

「わかってくれればいいんだ。君の身に何かあれば姉に申し訳が立たないからな」

「……そう……ですね」

ここでなぜか麗人が戸惑ったような顔になり、目を見開く。

「どうした？」

「いえ……」

だが俺が問うとすぐに麗人は、なんでもない、と笑顔を見せた。

「母のことを久々に思い出してしまって」

「……ああ……」

俺もまた、久々に姉のことを思い出していた。

特別に仲がよかったわけではない。年も五つと離れていたし、性別も違う上に、姉は読書が趣味のインドア派、俺は今以上に脳みそは全て筋肉でできているのではと揶揄されるほどのアウトドア派だったので、子供の頃から親しく会話を交わしたことはあまりなかった。

学年が上がるにつれ家庭内での交流もなくなり、成人してからはほぼ、会うことがなかった姉だが、俺が中学三年生のときに一度彼女の世話になったことがある。

当時からがたいがよかったせいで『やんちゃ』な奴らに絡まれがちだった。中学生の俺の頭にあるのは柔道部の都大会での優勝のみで、彼らをまったく相手にしなかったことで逆に目をつけられてしまった。

部活動の帰り、空腹を覚えてコンビニに立ち寄ったところ、偶然その場に居合わせた彼らが巧妙に俺の荷物に商品を忍び込ませた上で、目立つように逃げ出した。常日頃から不良たちの万引き被害に遭っていたコンビニの店員は俺も彼らの仲間と勘違いし、俺は万引き犯として警察と家族に通報されてしまった。

無実を訴えても、聞く耳を持ってもらえない。補導歴がつけば内申にも響き、高校受験にも影響するだろう。何より柔道部が大会に出場できなくなってしまう。

酷いことになった、と、ほぼ諦めていた俺の前に現れたのが、両親が不在にしていた自宅に偶然居合わせた姉だった。

姉はコンビニの店長に防犯カメラの映像の提出を求め、警察官立ち会いのもと、俺の荷物に彼らが商品を忍び込ませている場面を探し当て、示してみせた。

『ウチの弟は脳筋馬鹿ですが善悪の区別はつく人間です』

きっぱりと言い切ったあと姉は、キッと俺を見据え、防犯カメラの映像を指さしてみせた。

『あんたの周りに群がっているこの連中の名前、わかっていたらすぐ、知らせなさい。こういう連中は一度痛い目を見ないとどこまでも増長するのよ。自分たちがどんな罪を犯しているか、思い知らせてやらないとダメよ』

ごもっとも、と警官が頷いている。二十歳になったばかりの女の子がその場の主導権を握っていることの不自然さに誰一人気づくことなく、そのコンビニを悩ませていた万引き常習犯たちは一斉摘発されることとなった。

姉は俺が警察沙汰になったことを、両親には内緒にしてくれた。

『身体ばっかりじゃなくてたまには頭も使いなさいよね』

『うん……ありがとう』

礼を言うと姉は顔を顰めたまま『別に』とそっぽを向いた。

『だいたい脇が甘いのよ。自分の味方は自分だけ、くらいの気持ちでいないとダメだからね』

姉に諭され、反省した。すっかり忘れていた昔の思い出が、あたかも昨日の出来事のように蘇ってきたことに、戸惑いと、そしてこらえきれない懐かしさを覚えていた俺の耳に、麗人の感慨深そうな声が響く。

「ともあれ、叔父さんは脇が甘いところがあるから、気をつけたほうがいいですね」

「…………」

母親とまるで同じ指摘をしてきた彼をまじまじと見やり、姉の面影を微かに見出す。

「気をつけるよ」

彼に対して、というよりは今、頭の中にいる姉を安心させたくて告げた言葉を聞き、麗人は、本当にわかっているのか？　というようにわざとらしく肩を竦める。

彼の母との――姉との思い出を近いうちに語ってやることにしよう。そう心を決めながら俺は、

「そうだ、部屋なんだが、来年受験のお前が、今俺が使っているほうを使っていいぞ」

と、彼がきっと喜ぶであろう提案をしてやったのだった。

※　※　※

映像の編集作業をし動画サイトにＵＰすると、礼のつもりなのか、叔父が思いもかけない提案をしてきた。

「そうだ、部屋なんだが、来年受験のお前が、今俺が使っているほうを使っていいぞ」

「え？　いいんですか？」

そのうちに受験勉強を理由に部屋の交換を申し入れるつもりでいたというのに、自ら狭いほうの部屋に移ってくれるとは、どういう風の吹き回しなのだろう。今回世話になった、という礼のつもりだろうか。

なんにせよ、専用シャワーとあの洗面台は今後も役に立ってくれるだろう。叔父の慈愛の心に感謝だな、と内心ほくそ笑んでいた僕の耳に、叔父の心配そうな声が響く。

「本当に、無茶だけはしないでくれよ？　ああ、そうだ。いつから高校に行くんだ？」

「明後日まで忌引きで休みです」

「そしたら明日は、生活に必要なものを買いに行こうか」

叔父の提案を聞き、本当に考えてないな、と僕はつい厳しい声を上げてしまった。

「明日は動画を観た人間がクライアントとして押し寄せるかもしれないんですよ？　千載一遇《せんざいいちぐう》のチャンスをふいにする気ですか」

「え？　千載一遇？」

叔父が戸惑った声を上げる。

彼は、未だ立派な『正義の人』だったとわかったが、経営者としての自覚はまるでないらしい。その辺を今後は改めてもらわないと困るよな、と呆れながらも、そこもフォローしてやるか、と、海よりも深い心で接してあげることにした。

「ともかく、明日は事務所を開けたほうがいいです。それから事務所のホームページですが、勝手にいじらせてもらっていいですかね。叔父さんのプロフィールと、あと予約フォームを作りたいんです。すぐすみますんで」

「あ……ああ。それはいいが……」

　叔父は相変わらず、戸惑った顔をしていた。明日から自分の人生ががらりと変わることがまだわかっていないようだ。

　この分だと理解できないうちにビッグウェーブを逃してしまうかもしれない。本当にどこまで世話を焼かせるのだか、と呆れながらも僕は、叔父の世話を焼くことに自分が喜びとしかいいようのない感情を抱いていることに気づいていた。

　なんだろう。今までにないこの感情は。こんなことはとても本人に言えはしないが、言うなればアレだ。

　馬鹿な子ほど可愛い。

『子』どころか『叔父』なわけだが、世話を焼かずにはいられない。どうやら叔父は滅多に見ないような『人タラシ』であるようだ。

　それを証拠に、決して円満退職とはいえないはずの警察の同僚が、一喜再捜査の報をわざわざ電話してくれている。

それだけ愛されている先輩後輩だったということなんだろう。そんな叔父の人柄のよさはよくわかったが、世の中、人柄がいいだけでは渡っていけない。

仕方がない。『人柄』以外の部分は僕が担当させてもらうこととしよう。明日からこの探偵事務所は『人気事務所』になる。最初のうちはあたふたするかもしれないが、すぐに慣れてもらわねば。

「そうだ、歓迎会がまだだった。夕食はどうする？　寿司か？　肉か？　何が食べたい？」

「うーん、そうですね……」

食べたいもの――時間は夜中近い。外食するならファミレスくらいしか開いていないだろう。ファミレスか。時々クラスメートとも行く。まあ、適当に夕食をとればいいか、と考え、近くのファミレスはどこがあったか、と思考を巡らせていると、叔父が申し訳なさそうな顔で声をかけてくる。

「この時間に開いている店で、アルコールなしとなると……うーん、俺が作るか」

「作れるんですか？」

冷蔵庫を見るに、叔父に自炊をしているような気配はない。とんでもないものを食べさせられたら困る、と固辞しようとした僕に、叔父が笑いかけてくる。

「ああ。唯一、得意と胸を張れる料理がある。焼きそば。親父直伝だ」

「焼きそば……」

幼い頃の思い出ではあるが、母もまた、作ってくれた。ホットプレートで焼き肉をしたあと、最後のシメはやはり麺、と焼きそばを作るのだ。ソースは確か――。

「オタフクソースを使うんだ。あれはたまに食べたくなる。残りものの野菜と、今日は肉もないが、ああ、そうだ。ウインナーがある。それで代用しよう」

「待ってください。近所に二十四時間スーパー、ありましたよね。それにオタフクソースもこのウチにはないんじゃないですか？」

「ああ。なんだ、オタフクソース、知ってるのか」

「ええ。母が好きだったということで、父もよく作ってくれたんです。でも父の場合は、麺のみだったけど。とはいえ、オタフクソースは常備していました」

「二人とも広島の出じゃないのにな」

苦笑する叔父の顔に、母の顔が重なる。

「そしたら、作るか。キャベツと挽肉はスーパーに買いに行こう。ああ、あと、オタフクソース」

嬉々とした顔になる叔父に「楽しみです」と答える。社交辞令ではなく本心であることがわかったのだろう、叔父は、

「任せろ」

と笑ったかと思うと、手を伸ばし僕の頭をぽん、と叩いた。

「子供扱いしないでください」

不意に胸に宿った『照れくさい』という感情と『嬉しい』という思いに戸惑ったせいで、物言いがつい、乱暴になる。

「子供だろうが」

僕の羞恥と親しみを叔父は感じ取ったのだろう。彼もまた嬉しげに笑うと、再び手を伸ばしてきて、僕の髪をくしゃくしゃとかき回してくれたのだった。

こうして僕と叔父の同居生活が——そして叔父の探偵事務所経営のてこ入れの日々が今日から始まることとなった。

第二話

美少年、売れない探偵に仕事を紹介する

「あ、はい。わかりました。それでは明日の午後二時にお待ちしていますので」

大岩一喜逮捕のきっかけとなった『例の』映像がインターネットにＵＰされてからこの数日というもの、事務所には依頼の電話が毎日十件以上、かかってくるようになった。

依頼内容は浮気調査や身辺調査が多く、本来の経営者である平井がいた頃の活気が戻りつつあることは本当に喜ばしいのだが、なんといっても俺の身体は一つ。引き受けられる依頼の数も限られている。

いきなり多忙となった日々に舞い上がりそうになっていた俺をサポートしてくれたのは、なんと——弱冠《じゃっかん》十七歳、高校二年生の甥、麗人だった。

麗人の予言どおり、彼が俺の家に来た翌日は電話が殺到したのだが、まだ忌引きで休んでいた彼は俺のかわりに電話をすべて捌き、依頼者とのアポイントメントのスケジュール表をあっという間にパソコンで作り上げた。

「面談時間は毎日三時間以内、他の時間は依頼された調査にかけることにしましょう。

いくつか並行して調査することは可能ですか？　時間を効率的に使わないと、このチャンスをふいにすることになりますからね」

　一体彼はどこでこのような時間管理のノウハウを学んだのだろう。感心するばかりだった俺に対し麗人は、

「僕が学校に復帰するまでの間に、接客態度だけは改善し、まともに応対できるようになってください」

　と、年齢が倍の人間に対するものとは到底思えない厳しい口調でそう告げたあと、電話の応対から面談時の態度まで、それこそお前は小姑か、というような細かさの指摘を与えるだけでなく、俺に実演までさせた上で駄目出しを連発した。

「依頼したいと思わせないことには、仕事に結びつきません。好感度は大切です。そして信頼感。叔父さんは『元警視庁捜査一課の敏腕刑事』という立派な肩書きがあるので信頼感は既に手に入れています。あとは！　あとは好感度です！　身なりと！　そして接客態度！　いいですか？　信頼を手に入れることは通常難しいですが、好感度を上げることは実に容易です。叔父さんの気持ち一つでできることなんです。努力できますよね？」

　麗人の剣幕に押されるがまま、無精髭は剃り、久々に床屋に行って髪も切った。

スーツは自分のものではなく、平井のものを着るように言われ、許可を得るため平井に連絡すると、

『好きに使っていいって言っただろう？』

と快諾されたあと、

『ネット見たぞ。お前ってバレバレだよな、あれは』

と笑われた。

同じような体形だったことが幸いし、平井のスーツをそのまま借り、麗人に指摘された言葉使いを改めただけで、予約はほぼ十割、仕事に繋がるようになった。

これぞまさしく『負うた子に教えられ』というやつだろう。実際に麗人を負ぶったことは一度もないけれども。

そういったわけで今や平井探偵事務所は半年前以上の繁忙期を迎えている。昨日までは麗人が事務所を手伝ってくれていたが、忌引き明けで今日から学校に通うようになってしまった。

一人で捌ききれなくなった場合はバイトを雇うしかないが、募集についても採用についても考える余裕がない上、まずは平井の許可がいる。

麗人からは、予約はホームページの予約フォームをメインにすれば、電話に割かれ

る時間はなくなる、面談時間は三十分と区切る、受けられる仕事と受けられない仕事は早い段階で見極める、とノウハウを伝授された。本当にあいつは高校生なんだろうか。そもそもなぜ、そんなノウハウを知っているのかという疑問を覚えずにはいられない。

そんなこんなで、『好感度』を意識した通話を終え、やれやれ、と溜め息をついたそのとき、事務所のドアが開き、まさかの来客か？　と俺は麗人に教え込まれた愛想笑いを頬に刻み、ドアに向かって声をかけた。

「いらっしゃいませ。ご依頼ですか？」

「……三十五点」

そんな俺に対し、実に冷めた目を向けてきたのは麗人だった。

「麗人君、自宅には事務所経由じゃなく、二階の玄関から出入りしてほしいと言っただろう？」

愛想笑いが相当恥ずかしかったこともあって、つい注意をしてしまった俺に対する麗人のリアクションは、思いもかけないものだった。

「依頼人を連れてきたので事務所の入口から入っただけです」

「依頼人？」

何を言い出したのかと戸惑う俺の前に、麗人の後ろからひょこ、と小柄な少年が姿を現す。

「こ、こんにちは」

ブレザー姿の彼は、いかにもな『お坊ちゃま』に見えた。高校生というよりは中学生のようだ。

「あ、あの。本当にいいんでしょうか。僕の勘違いかもしれないんですが……」

変声期前の高い声。気弱そうな印象を受ける。

「君は立派な依頼人だよ。さあ、座って。叔父さん、今の時間、アポイントメントは入れていませんよね？」

「あ、ああ」

どうして麗人は俺の予定をすべて把握しているのだか。訝りながらも、確かに今はぽっかり空いた時間だ、と、一見中学生の依頼人をソファに招く。

「座ってくれ。何か飲むか？」

「叔父さん、口調。高校生でも彼は立派な依頼人です」

麗人の苛ついた声が響く。

「失礼しました。どうぞ寛いでください。何かお飲みになりますか？　喉が渇いたでしょう」

　仕方なく俺は、自分をホストだと思って接客しろという彼の無茶ぶりを実行してやることにした。

「あ……りがとうございます」

　やってられるか、と思いながらの行動だったが、どうやら『依頼人』は俺の言葉にリラックスしたらしく、恐縮した素振りながらもソファに腰を下ろし、

「水、もらえますか？」

　と頼んで寄越した。

　そんな彼のためにミネラルウォーターのペットボトルを冷蔵庫から取り出し、運んでやった。

「ありがとうございます」

　丁寧に礼を言う彼は、麗人が連れてきたところを見ると同級生だろうか。随分と幼いな、と思っていると、彼の横に座るその麗人が依頼の内容を口にする。

「叔父さん、彼、ストーカーに悩んでいるんです」

「ストーカー？」

　この子供が？　つい戸惑いの声を上げてしまった俺に、依頼人の高校生は、

「あの……本当に気のせいかもしれないんですが……」

と気弱そうな声でそう言い、項垂れた。

「気のせいかどうかを確かめてもらうために依頼するんだ。依頼料については説明したろう？　君の貯金で充分、まかなえる。だから叔父さんにも、僕にした話をしてもらえるかな？」

まさに天使の笑みといっていい微笑みを浮かべながら、麗人が依頼人の少年を促す。

「まずは名乗ろうか。名乗っても世情にあまり詳しくない叔父は君の家を知らないかもしれない。その辺はあとから説明するから大丈夫」

あたかも俺を『世間知らず』扱いしてくれた麗人にむかつきはしたが、彼の言葉で依頼人の少年は口を開く決意を固めたらしかった。

「月照院《げっしょういん》清嗣《きよし》といいます。父は月照院隼人《はやと》。月照院グループの会長です。家族構成も説明しますね。僕は長男で、下に二人、きょうだいがいます。僕の母は僕が十歳のときに亡くなり、妹と弟は父の後妻に入った今の義母《はは》の子供です。僕は先妻の子なんですが、今の父の妻、後妻である母親は、自分の子供と僕に少しもわけへだてなく接してくれています。世間的には色々噂されているようですが、当事者の僕としてはあまり気になることはないというか……」

「なるほど。それでストーカーというのは？」

問いかけた俺の前で、月照院は少しの間、言葉を途切れさせていたが、やがて俯いたまま、ぼそぼそと自信なげに話し出した。

「十日くらい前から、なんだか視線を感じるんです。あとをつけられている気がするというか。学校の中ではまったく……なんですが、行き帰りや街中で。なんだか気味が悪くて今、朝は車で送ってもらっているんですけど……」

「車で通学……」

凄いな、と、つい呟いてしまうと、途端に麗人の実に冷たい声が横から響いてきた。

「まさかと思いますが叔父さん、僕が通っている学校について、まったく調べていないんですか？　普通、心配して調べません？　余程僕に興味がないのかな」

「…………ええと、車通学も認められていると、そういうことなんだね。視線を感じる以外に何か、被害っぽいことはあったのかな？」

ここぞとばかりに嫌みを言ってくる麗人は無視し、話を続けるよう月照院を促す。

「被害……というほどのことは……。たまに身の回りのものがなくなるくらいです。ハンカチとか文房具とか、些細なものばかりですが」

「なくなるのは学校で？　それとも家で？」

「いつの間にかなくなっているので、どこでなくしたのかはちょっと……」

わからないのです、と首を横に振る月照院に、聞き方が難しいなと思いつつ確認を取る。

「なんだ、その……学校内で、い……悪戯というか、いやがらせ？　をされてるってわけでもないんだよね？」

『イジメ』と言いかけ、ストレートすぎるかと言い直す。我ながら胡乱といえる俺の問いに答えたのは月照院ではなく麗人だった。

「月照院グループの御曹司に嫌がらせをしようなどという強者は、ウチの学校にはいませんよ。それに当校の生徒は総じて真面目です。たまに例の政治家の息子のような素行の悪い馬鹿もいますが」

「あ、でもやめたよね、大岩先輩」

それを聞き、月照院がぽつりと呟く。

「ああ……」

『例の』は大岩の次男か、と頷いたものの、あとをつけられている『気がする』や、身の回りのちょっとしたものがなくなる、という今の話を聞いただけでは、何をどう調査すればいいのやらと、俺は内心途方に暮れていた。

と、それを見越したのか、またも麗人が呆れた顔となる。

「叔父さんへの依頼は調査ではなくボディガードです。なに、二十四時間とは言いません。学校から帰るときと塾に行くとき、塾から帰宅するときに物陰から月照院君を見守ってほしいんです」

「ボディガード。俺が？」

思いもかけない依頼に、つい素っ頓狂なほどの大声を上げてしまったが、麗人に睨まれ、慌てて目の前でびっくりした顔になっている月照院に詫びる。

「ああ、大きな声を出して悪かった。まさかボディガードを頼みにきたとは思わなかったので……」

「何を言ってるんです。元警視庁捜査一課の有能な刑事だった叔父さんにこそ、ぴったりじゃないですか。尾行や護衛はお手のものでしょう？」

麗人が大仰に目を見開く。

「尾行はともかく護衛ってSPじゃないんだから……」

警察官をすべて一緒に語るな、と思わず返してしまった俺の耳に、しょんぼりとした月照院の声が響いた。

「もう、いいよ。ありがとう、小早志君。きっと僕の気のせいなんだ」

「何を言っているんだか。『気のせい』でそんなに顔色、悪くならないだろう？　任せてくれていいよ。叔父さんは単にツンデレなだけなんだ」

「ツ、ツンデレ？」

なんだそれは。またも声を上げてしまった俺を、麗人がきつい目で睨む。

「とにかく、僕が頼めば叔父さんは引き受けるから。叔父さん、もう事務所は閉める時間ですよね。これから月照院君を送っていくので、早速ボディガードを頼めますか？　あくまでも『尾行』の体で。僕が帰り着くまでは身を隠していてください。それじゃ、行こうか、月照院君」

立て板に水のごとく一気にまくし立てると麗人は、俺に対するものとまったく違う優しげな笑みを浮かべ、月照院を促した。

「あ、あの……」

「大丈夫だから」

不安そうに振り返る月照院の顔を覗き込みつつ麗人はそう言うと、わかっているだろうなというように俺を一瞥し、事務所を出ていった。

「まったくあいつは……」

何を考えているんだと呆れはしたが、無視もできない。俺は慌てて戸締まりと火の元を確認すると、事務所と自宅に鍵をかけ二人のあとを追った。

駅に向かったのだろうと当たりをつけ、足を速める。と、どうやら俺が事務所を出るのにかかる時間をはかっていたらしい麗人は、改札の手前で月照院を引き留め、立ち話をしていたようだった。

人目を引く美少年の彼に、行き交う人はちらちらと視線を送っている。確かに滅多に見ないような美形だけれども、中身はとんでもない毒舌だぞと心の中で舌打ちした音が聞こえるわけもないが麗人は俺の存在に気づいたようで、月照院を伴い改札を入っていった。

仕方がない、付き合ってやるか、と『尾行』よろしく二人のあとを追う。実際、尾行も張り込みも腐るほどやってきたし、男子高校生二人の尾行、しかも一人はとんでもなく目立つ美少年となると、失敗する気はしなかった。

地下鉄に乗り込む二人を確認し、隣の車両に俺も乗る。満員ではないが、座れない程度に混雑した車両内で俺は、どの駅で降りるかくらいは確認しておこう、とスマートフォンを取り出し麗人にメールを打った。

返信はすぐきた。月照院の家は番町《ばんちょう》にあるとのことで、さすが、お屋敷街だと感心する。

にしても、と俺は、月照院のか細い声を思い出し、一人首を傾げた。あとをつけられている気がする、身の回りのものがなくなっている気がする。ストーカーかもしれない——思考が一足飛びすぎやしないだろうか。

悪戯やいじめではないとなると、たとえば自分のことを好きな子がいるんじゃないか、と、まずはそちらを疑うのでは。健全な高校生であれば。

ああ、でももし男子校ということだったらその可能性は薄くなるか。と気づくと同時に、自分が甥である麗人の高校について知っていることがほぼないという事実に気づき、猛省した。

麗人に悪し様に言われたが、可愛い——かはともかく。いや、容姿はとっても可愛いが——甥が通う学校だ。どんなところなのかとか、どんな友達がいるかとか、そうした話題を振ったことが一度もないというのはやはり問題である。

いくら探偵事務所の仕事が一気に忙しくなったとはいえ。忌引き中の彼の時間をすべて事務所の対応に使わせてしまったことも、今更ではあるが『申し訳ない』が過ぎる。

帰宅したらまず、学校生活について聞いてみよう。お金持ちの生徒が多い、という以上の情報を聞き出そう。密かに拳を握り締めている間に乗換駅に到着し、俺は人波に紛れるようにして高校生二人の尾行を続けた。

　麗人と月照院は楽しげに会話をしていた。どうも麗人が月照院の気持ちを引き立てるべく、色々話題を振っているようである。外塀がどれだけ続くのか、という大きなお屋敷の門の前、月照院がインターホンを押すとすぐに門が開いた。

「それじゃあまた明日学校で」

「ありがとう、小早志君」

　麗人と月照院の門の前でのやりとりを俺は少し離れた電柱の陰で見ていた。と、開いた門の中から一人の背の高い女性が出てきたかと思うと、二人に笑顔で話しかける。

「おかえりなさい、清嗣さん。遅かったのね」

「ごめんなさい、おかあさん。あ、こちら、友達の小早志君」

　月照院が慌てた様子で紹介の労を執る。

「はじめまして。小早志麗人です。月照院君とのお喋りが楽しくてつい、時間を忘れてしまいました」

　遠目であっても好感度百二十パーセントの笑顔で麗人が女性に――どうやら月照院の母親に挨拶をしている。

　生みの母ではなく義理の母だったな、と、俺は、月照院とは似ていない女性の顔を

る。

派手な顔立ちの美人だ。気のせいかもしれないが『夜』の匂いがそこはかとなくす密かに観察した。

「小早志君というのね。清嗣さんと仲良くしてくれてありがとう。もしかして送ってくださったの？　ご自宅はお近くかしら？」

「いえ、近くに用があったので。それでは失礼致します」

麗人はにこやかに挨拶すると、

「また明日ね」

と月照院にも声をかけ、駅への道を戻り始めた。気づかれるか、と焦りつつ電柱の陰で気配を消しながら俺は、門の前で話す義母と月照院へと目をやった。

「間もなくお夕食ですよ」

「すみません、遅くなってしまって」

「いいのよ。でも今度から連絡は入れてくださいな」

随分と他人行儀な、と思いながら見ているうちに、二人は門の中へと入っていった。

自動式らしく門が静かに閉まっていく。

金持ちの家は違うな、と感心していたが、すぐ、そういや麗人は、と振り返ると既に彼の姿は消えていた。

　事務所に戻るまでは話しかけるなということだったから、真っ直ぐ戻るつもりだろう。やれやれ、何をやらされているんだか、と溜め息をつき、俺も駅に向かおうとしたが、ふと視線を感じた気がして振り返った。

　あれは。

　今の今、俺を見ていたと思しき男が、さりげなく視線を前に戻し、駅とは反対方向に歩いていく。ちらと見えた男の横顔には見覚えがあった。地下鉄に乗り込んだとき、麗人と月照院、二人と同じ車両に乗り込んでいった男に間違いない気がする。

　ストーカーは、いた――のだろうか。単なる偶然か。しかし偶然にしては不自然な男の動きだった。

　帰ったらそれを麗人に報告し、意見を聞こう。今の男の横顔を記憶に刻むと、俺は背後に気をつけつつ、駅への道を急いだのだった。

※　※　※

叔父は刑事としては優秀なのかもしれない。が、探偵事務所の所長としては素人同然、否、素人以下だった。

押し寄せた依頼を捌くことが困難そうだったので、見かねて手伝っただけでなく、今後の方針までも立てることになった。

叔父の美点は、自分の年齢の半分もいかない僕の提案に素直に感心し、受け容れられるという懐の深さではないかと思う。

忌引きが明けるまでになんとか態勢を整えることができたのはよかった。あとは叔父に頑張ってもらうだけだ。

それにしてもネットの影響力といったら。あっという間に予定が埋まっていくことに驚きを感じると同時に僕は、果たして叔父のためにはよかったのだろうかと今更の反省をしていた。

探偵事務所の仕事として一番にあげられるのはやはり『浮気調査』。次が『素行調査』だろうか。

依頼の内容も八割がた浮気調査だったが、叔父は浮気調査などやりたいだろうかと、疑念を抱いてしまうのだ。

刑事を辞めざるを得なかった——我慢が足りなかっただけともいえるが——叔父がやりたいのは、犯罪者を野放しにしないこと。犯罪を摘発することではないだろうか。とはいえドラマや映画のように、日本の探偵が犯罪を暴くということはなかなか難しいのではないかと思う。

叔父のあの様子では休日や空いた時間は叔父の手伝いをする必要が出てきそうだが、僕自身も浮気調査にはあまり興味を抱けない。ぶっちゃけ、『犯罪を摘発する』ことをしたいのは、叔父ではなく僕自身なのだ。

参ったな、と思いつつも、忌引き休暇が明けたので、十日ほど休んだ高校に通わねばならなくなった。

登校すると多くの学友からお悔やみを述べられ、温かい言葉もかけてもらった。自分で言うことではないが、男子校特有の風潮とでもいおうか、この容姿のおかげで僕に興味を持つ生徒は多いようだ。

校内は未だに大岩代議士の息子の話題で持ちきりだった。次男と取り巻きも僕が休んでいる間に学校をやめていったという。

幸いなことに、『美女』が僕であるということも、そしてあの場にいた『ぼやかし感の薄い』元刑事が僕の叔父だということも、未だ広まっていなかった。

しかし時間の問題だろう。叔父の名と事務所名は、少し検索すれば出てくる。面倒なので気づかれるまでは放置だ、と決めたのだが、まさか自分からバラしにいくとは想像していなかった。

発端は隣の席の月照院の顔色が酷く悪いことに気づいたことだった。

「大丈夫?」

「あ、うん……」

力なく頷いた彼はとても『大丈夫』とは思えなかったので、彼を保健室に連れていくことにした。

養護教諭は生憎おらず、月照院をベッドに寝かせたあと、教諭が戻ってくるまで待とうとしていた僕に、月照院が心底申し訳なさそうな様子で詫びてきた。

「ごめん。小早志君、出てきたばかりなのに迷惑をかけて。なんだか眠れなくて……」

「どうしたの? 何か悩みがあるのなら、僕でよければ聞くよ」

月照院本人は大人しくていい子なのだが、バックグラウンドが人並み外れて凄い。月照院グループ会長の長男、次期総帥となることがわかっているので、皆、仲良くしたいと思いこそすれ、攻撃的になる生徒は一人もいなかったはずだ。

しかし朝から彼はあからさまなくらい、びくびくしている。何に怯えているのか、それを教えてくれたら対処もできるのだが。

それで僕はできるかぎり優しい、そう、人からよく言われる『天使の笑み』を浮かべつつ、月照院に問いかけた。

「…………実は……」

『天使の笑み』は実に有効で、月照院の重い口すら開かせるとは、と、我ながら驚いたが、月照院の話は更に驚愕を呼び起こすものだった。

「気のせいかもしれないけれど……なんだか、見張られている気がするんだ」

「見張られている？　学校で？」

僕が学校を休む前、クラス内では特に不穏な動きはなかったはずだが、と十日前までの校内の様子を思い出しつつ問いかけると、月照院はふるふると首を横に振る。

「学校の中じゃなく、行き帰りとか、あと、塾に行くときとか……」

「そうなんだ。気味が悪いね」

同情していることをわかりやすく示すと、月照院はあからさまなくらいに安堵した表情となった。

「ありがとう。僕も気味が悪くて、朝は車で送ってもらうことにしたんだ」

「それはよかった。帰りは送ってもらわないの？」

「……帰宅の時間が読めないのと、あと、塾があるので……」

途端に月照院の声のトーンが下がる。これは何かあるな、と察し、可能性の高いところから潰していくことにした。

「家の人に何か言われたの？」

「……っ」

初回で当ててしまった。クイズ番組なら早すぎるとクレームが来るレベルだ。などとくだらないことを考えている場合ではない、と、月照院家の事情を思い起こす。

確か実の母は亡くなり、今の母親は後妻だった。文化祭には父親と母親、揃って来ていたが、いかにもな仲良し家族という雰囲気だった記憶がある。

月照院が母親と不仲という話も聞いたことがない。だが、年齢よりも若く見える美人の母親になんとも言えない曲者っぽさが感じられることは、彼女を見かけたときから少々気にはなっていた。

「お母さん？」

ストレートに問いかけると、月照院は、

「義母《はは》じゃなく……父に」

と、ぼそぼそと言葉を続ける。

「……電車通学が嫌になったんじゃないかと思われたみたいで、車通学など高校生らしくないと怒られた。そうじゃなくて、視線を感じるんだと主張したら、お手伝いさんが一度ついてきてくれたんだけど、そのときには僕も何も感じなくて、それで『気のせいだろう』ということになってしまって……」

「行きだけ車になったのは？」

今の話だと往復車は不可となりそうだが、と気になり突っ込むと、

「義母が取りなしてくれたんだ」

と少し笑顔になった。

一問目は正解したが、二問目は外した。確か月照院の父親はここの卒業生ではなく公立育ちの国立大卒だった記憶がある。父親の父親、月照院にとっては祖父の方針に従わず、『市井《しせい》を学ぶ』とすべて公立で通したというインタビューか何かを、かつて雑誌で読んだことがあった。

息子に同じ道を歩ませなかったのは、幼い頃から病弱だったからという話を以前、ちらと聞いた気がするが、それにしても息子に対して信用がなさすぎるじゃないか、と憤ると同時に、母親が味方になるとは、と意外に思う。

「今まで僕が、そんな嘘や我が儘を言ったことはないでしょうって。それで父も折れて、朝は車で、と許してくれたんだ。父は僕が満員電車を嫌がっているとまだ思い込んでいるのか、朝だけ送ればいいだろうということになって……」

「まあ、帰りは誰か友達と帰ればいいしね」

「うん」

月照院は頷いたが、彼の表情は暗いままだった。

何か気になる。他にも何か身辺で異変があるのではないかと気づき、問いを重ねることにした。

「見張られている以外にも、何か気になることはあるの?」

「……ハンカチとか、シャーペンとか……あと、僕に届いた手紙とかが、時々、なんていうか……なくなってしまって」

「なくなる? 盗まれるってこと?」

『盗む』という単語に衝撃を受けたのか、月照院の肩がビクッと震える。

「それもここ十日くらいのことなの?」

「……うん。でも、高価なものじゃないので、盗まれたというのはちょっと違うかも……。それに、特になくて困るようなものでもないし……」

「手紙は困るんじゃないの？」

「手紙は……気のせいかもしれないんだ。あとで机の上に置いてあったりするから」

「……ふうん……？」

先程から月照院は『気のせい』を繰り返しているが、本人もそう思っているならここまでびくびくすることはないのでは。なんとなく、ピンとくるものがあって僕は、

「実はね」

と彼に提案してみることにした。

「祖父が亡くなったあと、叔父の世話になることになったんだけど、叔父の職業が探偵なんだ」

「た、探偵？　ドラマみたいだね」

月照院が驚いたように目を見開く。

「あはは、確かに。今、海外にいる友人のかわりに探偵事務所の所長代行を務めている。元警視庁捜査一課の敏腕刑事だったんだけど、己の正義のために警察を辞めて探偵をやっているんだ。ほら、大岩先輩の兄が最近逮捕されただろう？」

「え!?　あの探偵？　僕、動画配信サイトで見たよ。かっこよかった。あの人が小早志君の叔父さんなの？」

「そう。叔父さん、刑事の頃は凶悪犯と渡り合っていたし、腕っ節には自信があるって。どうだろう、今の話、叔父さんに相談してみない？」

「え？　相談って？　何を？」

目を見開く月照院を前に僕は胸を張って答えた。

「君のボディガードを頼むんだよ」

「ボディガードって、僕に？　そんな、気のせいかもしれないのに、悪いよ」

首を横に振る月照院に、尚もきっぱりと言い放つ。

「気のせいか気のせいじゃないかを見極めてもらうといいよ。気のせいだったらラッキーで終わるけど、気のせいじゃなく本当にストーカーに付け狙われているのだとしたら、大変なことになるからね」

「ストーカー……」

その単語だけは避けたかったのだろう。月照院の顔色がみるみるうちに悪くなっていく。おそらく本人も『ストーカー』の存在を疑っていたのではないか。しかし確証がないだけに気のせいと思い込もうとしていた。

一番『気のせい』にしがみついていたのは本人だったのかもしれない。恐怖心から過敏になった神経が危機感をこれでもかというほど伝えてくるのに、一人耐えていたのではないかと思う。

「大丈夫。僕に任せてほしい。そうだ、今日、学校の帰りにウチに寄らない？　叔父さんを見たら安心すると思うよ」

言いながら僕は、果たして安心するだろうかと内心首を傾げていた。

叔父の風体は『頼りになる』とはとても言いがたい。服装や髪形はきっちりと、それに無精髭は剃れ、と口を酸っぱくして言っても、今一つ、見た目が決まらないのだ。

本人にやる気がないからではないかと思う。下地はいいのだから、『かっこいい探偵』を目指せばいいのに、そうすることが恥とでも思っているのか、はたまた自信のなさの表れか、『そこまでしなくていいだろう』と反発されてしまっている。

外見では安心させられないかもしれないが、なんといっても伝家の宝刀『元警視庁捜査一課の刑事』がある。それで信頼してもらうこととしよう。

叔父に下手なことを言わせないようにしなくては。よし、と一人心の中で頷くと僕は、少し安心したのか顔色がよくなってきた月照院に、

「それじゃ、僕は行くね」

と声をかけ、保健室をあとにしたのだった。

2

「おかえり、叔父さん」

帰宅するとエプロン姿の麗人がダイニングで俺を迎えてくれた。

「お仕事お疲れ様です。間もなく夕食ができますので」

「あ……ああ。悪いな、毎日」

麗人は初日に宣言したとおり、料理は勿論、家事の一切を受け持ってくれていた。掃除や洗濯はできるから、と断ったのだが、『これでできているつもりですか』と姑よろしく、棚の上を人差し指でスーッと撫でられた上で、埃で汚れた指先を見せられては何も言えなくなってしまった。

もともと祖父の家で――父親が存命中は父の家でも家事一切を受け持っていたというだけあって、料理のレパートリーは広いし、掃除をすれば同じ部屋かと思うほどに片づいている上、フローリングの床もサラサラピカピカだし、と、かつて平井がいたときのような、いや、もしかしたらそれ以上に快適な空間に事務所も居住スペースもなりつつある。

「悪くはありません。夕食の席で聞かせてもらえますか？　その顔だと何かありそうですね」

今日は酢豚にしました、と、大皿に盛った酢豚とそれぞれ小鉢に盛り付けた春雨サラダ、蒸し鶏とザーサイの和え物、それに俺が好きだと言った卵スープを次々に食卓に並べ、最後に美味しく炊き上げた白米をよそった茶碗を運んでくれた彼が、食卓につこうとした俺を睨む。

「手、洗いました？」

「あ、すまん」

おかんか。いや、それ以前に俺が子供か。

「うがいと手洗いは基本ですよね。小学生でもできることでしょうに」

「はいはい。わかってます。申し訳ありませんでしたね」

言い方がもうちょっと違っていれば、素直に反省できるのだが。本当にこの美少年は口が悪い。

いや、もとはといえば自分が悪いとわかっているが、それを忘れるほどの感じの悪さだ、と文句を言ってやりたいが、最初にそれをやってコテンパン——って死語か？

——にやられてしまったので、心の中で呟くに留める。

何より腹ぺこだ。まずは食事、と手を洗ったついでに冷蔵庫からビールを取り出し、食卓に戻る。

「コップで飲んでくださいよ」

缶ビールのプルタブを上げ、口をつけた俺を見て、麗人がいやな顔をする。

「洗い物を増やしたくないだけだ」

「洗うの、僕ですよね」

文句を言い続ける麗人の口を塞ぎたくなり、俺は食事が終わってから話そうと思っていた話題を早々に口にすることにした。

「君の友達の月照院君を尾行させてもらったけど、他にも尾行していた男がいたみたいだ」

おそらく麗人のリアクションは『なんですって!?』という驚愕だと予想していたが、返ってきたのは、

「やはり」

と、さもわかっていた、というものだった。

「え?」

俺のほうが驚いてしまい、思わず声を漏らす。

「僕もなんとなく感じていたんです。身長百七十五センチくらいの、若めの男ですよね。服装は紺のスーツだったかと」

「……まさに」

俺が怪しんだ男そのものだった。唖然としていた俺に麗人が淡々とした口調で問いかけてくる。

「その男、叔父さんの尾行に気づいてました？　気づいてもらわないと困るんですけど」

「な、なんだって!?」

驚愕のあまり俺がその言葉を告げてしまったわけだが、それを見て麗人は、やれやれ、と例の、肩を竦めて上を見るという、俺が嫌いなポーズをしてみせた。

「ボディガードが尾行していると知らしめれば、月照院君の身の安全はひとまず守られるでしょう？　その上ボディガードは元警視庁捜査一課の敏腕刑事ですよ？　これで向こうも下手に手を出せなくなったんじゃないでしょうか」

「ちょ、ちょっと待ってくれ。ということはなんだ？　月照院君は本当にストーカーに狙われているということか？」

「ストーカーであるかどうかは別として、身辺警護の必要ありとは考えています」

「どうして」

問い返した俺に対する麗人の答えは、

「続きは食事がすんでからにしましょう」

冷めますよ、という、実に勿体ぶったものだった。

なんてことだ、と憤りはしたが、確かにせっかく作ってもらったものを美味しい状態で食べないのは失礼だ、と慌てて食事に意識を向ける。

「食べながら話すのでもいいだろう？」

焦ってかっ込むのも悪い。味わって食べねば、と思ったのは、酢豚があまりに美味しかったからだが、俺の提案は麗人の気に入ってもらえたらしく、

「そうですね」

と微笑んだかと思うと、箸を動かす合間に説明を始めた。

「月照院君は大人しい子ではありますが、今までああも怯えた様子を見せたことはありませんでした。それだけに気になり、話を聞くうちに彼の身に実際危険が迫っているのではと思わざるを得なくなったんです」

「人の視線を感じる、身の回りのちょっとしたものがなくなる……それを『気のせい』や『自意識過剰』ではなく危険と取った理由は？」

「学校に届け出さえすれば、車での登校も下校もうちの学校は認められています。校内の駐車場も理由によっては使用許可が下りますし、身の危険を感じる、というのは立派な『理由』となります。しかし実際彼は、登校時には車を使っていますが、下校時は利用していない。いびつだな、と感じたんです。本当に子供が心配だったら登下校、両方車を使わせると思いませんか？」

「気のせいだと思ったんだろう。本人も『気のせいかもしれない』と言っていたし」

「それもまた、気になったんですよね」

　俺の言葉を麗人が遮る。

「気になるって？」

「月照院君は、最初ははっきりと『誰かの視線を感じる』と言っていたんじゃないかと思うんです。それで家族に相談したと思われますが、そこで『気のせい』ということにされてしまったのではないかと」

「誰に？」

　月照院の家族構成を頭の中で思い描きつつ問いかけた俺に、麗人が即答といっていい速さで答える。

「父親にでしょう。『気のせい』に仕向けたのは母親のほうでしょうが」

「なぜわかるんだ？」

「まだ推論に過ぎません。これから証拠固めをしていくことになります」

麗人の言葉に俺は、

「え」

とまたも間抜けな声を上げてしまった。

「ちょっと待て。今までお前の推論を喋ってたのか？　事実じゃなく？」

まさかと思うが、と問いかけた俺を見て、麗人がまた、あの、残念でたまらない、という肩を竦めるポーズをしてみせる。

「僕が現段階で事実を知っているわけがないじゃないですか。そもそも事実がわかっていれば叔父さんのところじゃなく警察に行きますよ」

「…………」

本当にこの美少年は——可愛くない。

なんなんだ、その態度は。しかもなんなんだ、その思い込みとしかいえない発言は。

憤りを覚えたが、声を荒立てるのは大人げない、とこらえていた俺に向かい、また麗人が呆れたポーズをしてみせる。

「大岩兄の件で僕は叔父さんの信頼を得たと思ったんですが、まだ妄想癖がある子供だという認識なんでしょうか？」

「あれは……」

そうだ。あのときも確か俺は彼を『中二病』と思ったのだった。結果は——まさかの美少女への女装、そして仕掛け、そして念願の逮捕となった。

しかしあれはあれ、これはこれじゃないのか？　と言おうとした俺に、麗人が別の話題を振ってくる。

「ところで叔父さん、月照院君の義理のお母さんを見ましたよね？　どう感じました？」

「どうって……」

いきなりなんだ、と思いつつ、義母の姿を思い起こす。

「綺麗な人だと思った。優しそうだとも。しかし他人行儀だとは感じたな。父親との間に子供が二人いるってことは、少なくとも数年前には彼の義理の母親になっていたってことだろう？」

「他には？」

俺の確認には答えず、麗人が問いを重ねてくる。

「あとは……もしや夜の仕事上がりかな？　とは感じたかな」

「正解です。銀座の人気ホステスでした。月照院君の父親に見初められて結婚したのですが、親族の反対はそれは物凄いものだったそうです。子供ができたので仕方なく、という流れだったとか」

「……親族ねえ……」

月照院のような家庭だと、自分が選んだ女性を妻にする、という当たり前のことが難しくなるのはなんとなくわかる。

親族がいなくてよかった。それ以前に、結婚相手にどうこう言われるような『いい家』にも生まれていない。更にいえば、結婚相手自体がまだいない。

自分を卑下してどうする、とこの辺で俺は我に返ると、改めて月照院の義母を思い起こした。

ちゃんと『令夫人』に見えたし、言葉使いや態度も上品だった。努力したんだろうなあと彼女の健闘を心の中で讃えていた俺の耳に、やたらと冷めた麗人の声が響く。

「どうも僕は気になるんですよね。月照院君が登校時にのみ、自家用車を使うようになったのに母親がかかわっているということに」

「どういう意味だ？」

素でわからず問いかけると、麗人は、

「考えてみてください」

　と身を乗り出してくる。

「登下校、両方車での送迎となったら、ストーカー被害はおさまるでしょう。しかし車での送迎は朝のみ。おそらく父親は本気で月照院君が満員電車を嫌がっていると思ってますよ。もし息子の抱く危機感を共有していたら登校時のみなんて手配はしないでしょうから」

「母親がそれにかかわっているというのは？」

「本来なら登校時も車はダメだと言われていたのを、母親が取りなしたんだそうです。しかし母親だって本気でストーカーを心配したとしたら、登校時だけなんて勧めますかね。それこそ、月照院君が満員電車を嫌がっているからと父親に思い込ませる結果になったんじゃないかと、僕はそう推察したんです」

「既に君の『推察』に入ってるんだな。事実じゃなく」

　嫌みを言うつもりはなかったが、あまりに堂々とした話し方をしているため、事実なんじゃないかと勘違いしてしまった。

　想像力が逞《たくま》しいにもほどがある。確かに、ストーカー被害を恐れているのなら、登下校、両方車にするだろう。

　しかしそれを母親の策略とするには材料が少なすぎる。そもそもなぜ、母親がそんな『策略』を立てたというのか。

　思い込みが過ぎるだろう、と注意を促そうとした俺に対し、麗人が、

「ああ、そうか」

　と何か思いついた顔になる。

「叔父さんが持っていない情報を開示していませんでした。まあ少しネットを探せばすぐにも見つかることですけど、それをお知らせしましょう」

「………………またネットか」

　ネットには情報が落ちている、と前にも言っていたが、すべてが正しいわけじゃない。思い込みもあれば嘘もある。そう言おうとしたのを察したらしく、麗人は、

「勿論わかっていますとも」

　と苦笑してみせる。

「ネットに溢れる幾多の情報の中から、真実を見抜く能力を養う必要はあります。ネットだけじゃなく、僕は月照院君と直接知り合いですから、彼からも情報を収集できます。その上で出した結論です」

「生《な》さぬ仲だからっていうのか？　短絡すぎやしないか？　多少、他人行儀っぽい気

はしたが、別に二人の関係は普通に見えたぞ？」

　普通に息子を心配するような言葉を告げていた、と門の前でのやり取りを思い起こしていた俺の前で、またも麗人はやれやれ、と大仰に溜め息をついてみせる。

「わかってないですね。状況が変わったんですよ。妹と弟がいると月照院君は言っていたでしょう？　妹は今、五歳ですが、弟は去年生まれたんです」

「それがどうした」

　妹と弟がいることなど勿論記憶にある、と大きく頷くと、

「自分の息子にあとを継がせたくなったんですよ、彼女は」

　そんなこともわからないんですか、と、麗人が更に呆れてみせる。

「だからそれは君の推察だろうが」

　あたかも事実のように言っているが、と言い返すと麗人は、

「事実に基づく推理と言ってほしいですね」

　そう言い捨てたかと思うと、「とにかく」と今まで以上にきっぱりした口調で言葉を続けた。

「明日からの護衛、よろしく頼みますよ。校内は僕がぴったりガードします。まあ、学校内が一番安全だとは思うんですけど。ああ、そうだ。塾にもついていきたいので、

当面、夕食は自分でなんとかしてください」

「わ、わかった。君も塾に通うのか？」

まさかと思うが塾に通う口実か？　と考えたのがわかったのか、麗人は今度こそ、はあああああ、と息をすっかり吐き出すほどの深い溜め息を漏らすと、

「とにかく、護衛の際には手を抜かないでくださいね？」

と、失礼としかいいようのない注意を与え、物凄く残念なものを見るような視線を俺へと向けてきたのだった。

※　※　※

やはり『気のせい』などではなく、月照院にはいつの間にか尾行がついていることに気づいた。叔父の家に行くまでの間はいなかったと思う。地下鉄に乗り込んだときに視線を感じ、尾行者と思しき男を特定した。隣の車両に乗り込んだ叔父は気づいただろうか。元敏腕刑事なのだから気づいてくれないと困ると思いつつ、月照院を家ま

で送ったところ、義母と顔を合わせることができた。

文化祭のときだったか、以前一度、見かけたことがある。出自についてあれこれ言うつもりは毛頭ないが、上品そうな身なりのわりには一癖あるなという印象を受けた。

月照院から話を聞いたときに、真っ先に頭に浮かんだのは彼女のことだった。

登校時だけ車。学校内では気配がないが、学校を出ると気になる視線。身の回りのものがなくなる。郵便物がなくなることもある。

郵便物の紛失は家庭内。身の回りのものの紛失は学内でなければ塾だろうか。当面、塾には僕も付き添うことにしよう。そのためにも、と、母親に礼儀正しく挨拶をし、月照院と別れた。

家庭内は父親の目もあるしさすがに安全だろうと思ったので、敢えて月照院にはなんのアドバイスもしなかった。叔父は無事、月照院を尾行していた男の存在に気づいたらしい。そっちを尾行してくれるとよかったのだが、深追いすることなく帰宅したのは残念だった。

それにしても叔父は本当に敏腕刑事だったのか。尾行に気づいた段階で、誰が尾行させていたかになぜ気づかないのだろう。

学校から叔父の家までは尾行がつかなかったという説明を省いたからだろうか。途中から尾行できるのはＧＰＳにより居場所を特定できたからだろう。月照院の位置情報を知り得る最有力候補は家族――母親である。

月照院の父親に、彼が感じていた危機感や恐怖心を『ラッシュ時の満員電車に乗りたくない言い訳』とすり替えてしまったのは母親以外にいない。これで下校時は狙われ放題、という状況ができあがってしまった。

もし、母親が本当に月照院を心配しているのであれば、登下校は勿論、どこに行くにもボディガードをつけたはずだ。そのことになぜ、叔父は気づかないのだろう。実際月照院を尾行している人間を目の当たりにしておいて。

叔父はその人物の顔を見ただろうか。見たなら即刻、未だに付き合いがある警視庁の先輩後輩に頼み、犯罪者、もしくは暴力団関連のデータベースから、誰であるか特定してほしい。

とはいえ、どうやら叔父は自分からは元同僚に対して距離を保っているようだ。そういうところが慕われる理由ではあるだろうけれど、使えるものはなんでも使ってほしいものだ。

そういったわけで今僕が、警察への協力を頼んだとしても、多分叔父は動かない。要は僕との間に信頼関係が築けていないのだ。

今日、先方には叔父が——警視庁捜査一課の元刑事がボディガードとしてついたことが知られた。これで当面手は出せまいと思っての選択だったが、逆に焦燥感を煽《あお》ってしまったかもしれないという可能性に気づいては、いてもたってもいられなくなった。

常識で考えれば様子を見るだろう、しかし、なんだろう。胸騒ぎがする。

僕は刑事ではないので『刑事の勘』というものが実際あるのかは知らない。が、この胸騒ぎはまさに『刑事の勘』のようなものではないかと思う。

家庭内は安全——だよな？

家庭内で月照院の身に危険が迫れば、自分が疑われる可能性があることくらいは、あの母親もわかるだろう。

ストーカーのことを気に病んで自殺した——なんてことにはならない、と信じたい。できれば父親と会って話がしたい。自殺の可能性ありなどという誤った認識を妻に持たされないうちに。

一度家に遊びに行くか。できるだけ早い時期に。加えて明日にも叔父に、尾行している人間の特定を急かすことにしよう。

いつになったら叔父との間に信頼関係が育つのだろう。まあ、年齢も叔父の半分以下だし、叔父にとっての僕は身内を亡くしたばかりの可哀想な甥だ。この間の大岩兄の逮捕で少しは認識を改めてくれるかと思ったが、叔父の関心は僕の女装についてのみ、というのが現状だ。

女装はインパクトはあるだろうが、それ以前に色々感じることはあるよね？　とわかってもらいたくても、今のところ理解の入口にも到達していない。

まあ、その辺は気長にいくしかないか。溜め息を漏らした僕の頭に、月照院の不安げな顔が浮かぶ。

大丈夫、君の身の安全は守ってみせるから。拳を握り締めると僕は、明日からいかにして月照院に寄り添うか、方策を一人練りはじめた。

翌日、学校内で僕は月照院にぴたりと張り付き、彼の身に危険が迫ることのないよう目を光らせていた。

しかし予想していたとおり、校内にはそれらしい人間はいない。言っちゃなんだが、富裕層の子息を集めたこの学校のセキュリティは実にしっかりしていて、生徒に危害を加える可能性がある人間の立ち入りなど許可されるはずがないのだった。

疑わしい人間が一人もいないことに安堵し、塾はどうかと月照院の通う塾に同行する。

「見学したいんです」

真面目な顔で訴えかけると、塾の先生はあっという間に懐柔できた。好感度には自信があるが驕っているとどこで足を掬われるかわからないので謙虚にいくことにする。

塾での月照院のクラスは『セミプライベート』といい、生徒数四人の実に贅沢なものだった。

今日は僕が入ったので五人となったが、他の三人は同じ高校の、敢えて誤解をおそれず言うと、親が『トップグレード』といっていいランクの生徒ばかりだった。

「小早志君も通うの？」

「成績いいじゃない。でも一緒に勉強できるのは嬉しいな」

学友たちは概ね歓迎モードだった。一人、少しの悪気もなく、

「この塾、セミプライベートは結構高いよ」

と金銭面を心配してくれたのは、僕が名だたる有名企業の経営者の息子でも、著名な弁護士や大病院の院長の息子でもないとわかっていたからだろう。

彼に言われるまでもなく、確かに叔父に出してもらえるような金額ではないと、心の中で肩を竦めた。相続した遺産を使えば支払いは可能ではあるが、そういえば叔父は僕がどれだけ資産を持っているかに無頓着だと今更気づく。そういうところも『善人』ということだろう。そう思いながら塾の授業を受け、終わったあとには月照院を彼の家に送ることにした。

「……ごめんね」

月照院は相変わらず恐縮している。忌引き明けの僕を自分に付き合わせて、と罪悪感を持っているらしい彼に、その必要はない、と一層明るく笑いかけた。

「全然。そうだ。今日でなくていいから、塾のあとちょっと話さない？」

「それなら是非、一緒に夕食を食べよう！」

僕の誘いに、月照院は無事、乗ってくれた。

「お礼にもならないけど、そうだ、よかったらウチに泊まってもらえないかな？」

「それは嬉しいな。話す時間がたくさんある」

「僕も！」

目をキラキラと輝かせる月照院に僕も「楽しみ」と笑い返す。食事の席には両親が揃ってくれているとありがたいのだが、どう水を向けるかなと考えていると、月照院のほうから誘いをかけてくれた。

「せっかく小早志君が泊まりに来てくれるのなら、お父さんのいるときにしよう。あ、明日は？　確かお父さん、明日は家で食事をすると言ってたから」

「大丈夫だよ。嬉しいな。明日、泊まらせてね」

「わあ。僕、みんなに自慢したい。小早志君がお泊まり！」

月照院は心底喜んでいるように見える。昨日からの憔悴しきった表情が払拭されていることに安堵を覚えると同時に、彼の笑顔を曇らせるような事態は一日も早く収束させてやりたいという願いのもと、叔父をせっつかなければという決意を改めて僕は固めたのだった。

3

「……そんなの、頼めるわけないだろうが」

いきなり何を言い出すのだ、と俺は思わず大きな声を上げていた。

「警視庁の先輩にも後輩にも太いパイプがあるんでしょう？　頼んでくださいよ。月照院君の身の安全のためですよ」

相変わらず我が甥っ子は、まったく俺に対して敬意を払う様子がない。

「昨日と同じ男だったんでしょう？　尾行していたのは。誰だか気にならないんですか？」

「気になる。が、犯罪者のリストの中から見つけるとか、暴力団員から見つけるとか、警察を辞めている身では難しいんだよ」

「大丈夫ですって。なんのための人脈です」

「大丈夫じゃない」

確かに麗人の言うとおり、後輩の工藤に頼めば便宜を図ってもらえるとは思う。しかしそれが上に知られたら工藤の立場が悪くなる。そんな目に後輩を遭わせたくはないのだ。

　きっぱり断ると麗人は、

「仕方ないですね」

　と呆れてみせたあと、またも俺の予想を裏切る言葉を告げて寄越した。

「それなら僕がなんとかします。明日は月照院君の家に泊まりますので。しかしそこで僕が命を落としても叔父さんに後悔はないと、そういうことですよね」

「ちょ、ちょっと待て。なんで命を落とすんだ？」

　またオーバーなことを言い出した、と呆れかけた俺を見て、麗人は諦めきった顔になった。

「さっきから言ってるじゃないですか。ボディガードについた元刑事が疑問を覚えるより前に、行動に移そうと考える可能性が高いって。家の中は安心って言いましたけど、自殺に見せかける以外にも殺す方法はいくらでもあるじゃないですか。食中毒とかガス漏れとか。ああ、それから心中」

「心中!?　君とか？」

　どうして、と問うより前に麗人が答えを口にする。

「大好きな祖父を亡くしたばかりで、気持ちが不安定になっていた――とかなんとか、でっち上げるんじゃないですか」

「そんなことはないと俺が証言するよ」

もしも言いがかりをつけられたらと言うも麗人は、

「僕が死んだあとになりますけどね」

とそっぽを向く。

「……わかったよ」

何がなんでも俺に、後輩の工藤を頼らせたいわけだ。こうなったら奥の手を使うしかないか、と俺は妥協策を提案することにした。

「俺が見た男のことはちゃんと調べる。後輩を頼らなくてもな。それでいいだろう?」

「どうやって調べるんです? 叔父さんが相手を尾行する? でも叔父さん、顔を見られたって言ってませんでした?」

ずけずけと突っ込んでくる彼は本当に可愛げがない。顔はこんなに可愛いのに、と心の中で悪態をつきつつ俺は、

「とにかく、調べるから」

と言い置くと、それまで座っていたダイニングの椅子から立ち上がった。

「ちょっと出かけてくる」

「……いってらっしゃい」

　後片付けのために立ち上がった麗人は一瞬、何かを言いかけたが――おそらく行き先を問おうとしたのではないかと思う――ただ、挨拶のみを告げ、俺を送り出した。

　夕食後のこの時間、俺が向かおうとしているのは古巣でもなければ後輩の家でもなかった。地下鉄に乗り、新宿を目指す。

　歌舞伎町《かぶきちょう》の裏手、一本道を入ったところに、いかにも流行っていなさそうなショットバーがある。

　看板はかろうじて表札サイズのものがドアの横にあるだけ、という、古びた木製のドアを開けると、カウンター席しかない店に客は一人としていなかった。

「いらっしゃい」

　カウンターの中から強面のバーテンが無愛想な声音でそう言ったあと、俺と認識したようで、まじまじと顔を見つめてくる。

「…………」

「久し振り。実は久々に仕事を依頼したいんだが」

「……警察を辞めたんだよな？」

二メートル近くある長身。ガタイもいい上、夜の、しかも店内だというのにサングラスをかけている。髪形はオールバック。頬にはナイフか何かの傷痕まである。

どう見てもヤクザ、もしくは元ヤクザだが、実は彼は、俺が刑事の頃に重宝していた情報屋なのだった。

「辞めた。今は探偵をやっている」

「知ってる。この間ネットで見た。派手な宣伝だな」

滅多に笑わない彼が苦笑めいた笑みを浮かべつつ肩を竦める。因みに名前は田辺《たなべ》といい、知り合ったのは五年前のある事件がきっかけだったのだが、同僚にも誰にも存在は明かしていない。いわば俺の『隠し球』だった。

「宣伝したのは俺じゃないけどな」

「え？」

思わずぼそ、と漏らしてしまったことに、田辺に問い返されて気づく。

「いや、なんでもない。ところで前のように依頼をしたいんだが、探偵には情報を売ってもらえないかな」

「まあ昔のよしみで売ってやらないこともないが、割高になるぞ」

お目こぼしの特典がないからな、と田辺は淡々と告げたあとに、俺の目の前に指を二本立ててみせた。

「二割増し？」

「ああ。世話になったから二割で勘弁してやるよ」

またも滅多に見せない笑みを浮かべた田辺が、

「それで？」

と問いかけてくる。

「俺のことを調べている暴力団関係者がいないかを知りたい。月照院グループ絡みで」

「月照院……ああ、そういうことか」

考える素振りも見せず、納得した声を上げられたことに驚き、思わず身を乗り出す。

「いたんだな？」

「月照院グループ絡みかは不明だ。ただ、月照院グループ会長夫人の昔の男が、今や裏社会の重鎮でな。彼がネットにあがった『元刑事の探偵』の身元を探っているという噂が聞こえてきた。俺はそれであんたの現況を知ったんだ」

「……そう……か」

まさかの大当たり――なんだろうか。唖然としていた俺に田辺が、眉を顰め声をかけてくる。

「誤解するなよ。あんたの名前をアチラに教えたのは俺じゃねえぜ」

「わかってるよ。お前が義理堅い男だってことは」

信頼している、と頷くと、田辺は少し照れたような素振りをしてみせた。

「わかってりゃいい」

「ときに、月照院夫人が息子に尾行をつけているという話は知っているか？」

「いや？」

首を傾げた田辺は、そのあたりの事情は知らないようだった。

「夫人が汚れ仕事を頼むとしたらその昔の男だろうか？」

「そうだろうな。青龍会の幹部だ」

「青龍会……デカい組織だな」

そこの幹部なら、と納得しつつ俺は、

「青龍会にこんな外見の男はいないかな」

と、田辺に対し、月照院の息子を尾行していた男の特徴を説明した。田辺は少し考えていたが、やがて、

「……清水《しみず》……かな」

と言い、ポケットから取り出したスマートフォンを操作していたかと思うと、画面を俺に示してみせた。

「大当たりだ！」

画面に映る男は、尾行者に間違いなかった。さすが、と感嘆の声を上げた俺の前でまた田辺は少し照れた顔になったあと、咳払いをし、逆に問い返してきた。

「こいつは殺しでもなんでも涼しい顔してやる奴だが、月照院の息子を尾行しているのか？」

「ああ。二回、見かけた。彼にも俺の顔を見られたと思う」

「なるほど。だから青龍会はあんたのことを探ってたんだな」

納得したように頷いた田辺が、心持ち身を乗り出し、口を開く。

「悪いことは言わない。青龍会は白を黒にする組織だ。かかわりを持たないが吉だぞ」

「持ちたくはないが、月照院の息子と俺の甥が友達なんだ。持たざるを得ない」

「そうか……」

田辺が残念そうな顔になる。

「そうなると『気をつけろ』としか言えないな」

「……諦めないでくれよ」

ご愁傷様、と手を合わせかねない様子の田辺に恨みがましい視線を向ける。

「それこそ古巣を頼ればいいだろう。清水の尾行の現場を押さえるでもして」

呆れた顔でそう告げた田辺は一応、俺の身を案じてくれているようだ。

「そうだな。ありがとう。助かった」

礼を言うと俺は財布から一万円札を三枚取り出し、カウンターに置いた。

「二枚でいい。転職祝いだ。今後とも贔屓《ひいき》にしてやってくれ」

一枚、俺に向かって差し出してきた田辺の頰には笑みがあった。彼の笑顔を一度に三回も見るなんて、明日は雨でも降るんじゃないかと思いながら俺は、

「ああ、こちらこそよろしく」

とカウンターの上の一万円札を再び財布に戻すと、田辺の店をあとにした。

それにしても、と歩きながら俺は、麗人へと思いを馳せる。

彼はストーカーが相当危ない人間であると確信していたと思われる。それだけに俺に警察の力を借りてでも調べろと強要したのだろう。

彼は一体、何者なんだろうか。

女装をして犯罪者を罠にかけてみたり、クラスメートが巻き込まれそうになってい

る事件を摘発しようとしたり。

最初に俺が感じた『中二病』という印象は改めるべきだと、さすがに判断せざるを得ない。

あとはもう少し、倍の人生を生きている叔父に対し、敬意を払ってほしいのだが。

そんなことを考えながら俺は、優秀すぎる甥の待つ自宅へと急ぎ戻ったのだった。

※
※
※

「情報屋……ドラマみたいですね」

帰宅を待ち侘びていた叔父が家に戻ったのは、深夜零時を回った頃だった。まだ起きていたのか、と、驚く彼に行き先を問い詰めると、最初は渋っていたが、やがて刑事の頃から使っていた情報屋を訪ねたということと、尾行していた男の正体がわかったことを知らされ、ほとほと感心してしまった。

「その情報屋、紹介してもらえませんか？」

優秀すぎるだろう、と本気で頼んだというのに、

「できるわけがないだろう」

と叔父には相手にしてもらえなかった。まあ、そこはおいおい、と心の中で呟くと僕は、

「それで、誰だったんです？」

と尾行の相手を尋ねたのだが、この問いに関しても叔父の口は非常に重かった。

「そうも渋るということは、暴力団絡みですね。月照院夫人がホステスをしていた頃にかかわりがあったヤクザに闇仕事を頼んだ……というところでしょうか？」

「ど、どうしてそれを!?」

叔父の態度から導き出した推論だったのだが、それを聞いて叔父はまさに鳩が豆鉄砲を食らったような顔になった。

本当に叔父は敏腕刑事だったのだろうか。呆れたせいでつい毒舌が出そうになったが、それどころじゃない、と僕は身を乗り出し、叔父を説得することにした。

「すぐにも行動を起こしましょう。僕は明日……ああ、もう今日ですが、月照院君の家で父親となんとしてでも面談し、月照院君が暴力団員に尾行をされていることを叔父さんが突き止めたと知らせて、すぐに警察に保護を求めるよう勧めます。それまで

の間にもし可能だったら叔父さんは尾行者を捕らえて警察に突き出していただければと。それが難しいようなら、古巣には叔父さんの言葉に耳を傾けてくれる後輩も先輩もいるようなので、月照院君がヤクザに尾行されていることを伝え、ヤクザに事情聴取を行っていただくこともできますよね」

「わかった。青龍会なら叩けばいくらでも埃が出そうだからな。ネタには困らない」

叔父とは無事に危機感を共有できたらしい。これで渋るようならそれこそ、敏腕刑事だということを疑ってしまうところだった。

しかし『うっかり』ではある。暴力団の名前を明かすとは、と笑いそうになりながらそのことに気づかせてあげることにする。

「青龍会は、関東一といっていい大きな組織ですよね。月照院夫人がかかわりがあるのは誰なんです？」

「そ、それは……っ」

ぎょっとした顔になった叔父が慌てた様子で首を横に振る。

「その名称は忘れろ。間違ってもコンタクトを取ろうなんて思うんじゃないぞ？」

「わかってますよ。子供が相手にできる組織じゃありませんので。叔父さんと警察に任せます」

本心からそう告げたというのに、叔父はいかにも疑い深そうな目で僕を見る。

「本当に、危ないことはするんじゃないぞ?」

「わかってますって」

どうやらこの間、女装して囮《おとり》になったことが、叔父にとっては相当なインパクトがあったようだ。さすがに僕も命が惜しいので、ヤクザ相手に無茶はしない。その辺もおいおい、わかってもらうことにしようと思いながら、

「とにかく、月照院君の身の安全のため、頑張りましょう」

と叔父に右手を差し出したのだった。


翌日、月照院家での夕食の席で、父親に息子の清嗣を尾行していたのは、指定暴力団青龍会の清水という男であることを叔父が突き止めたと僕が告げたとき、夫人は見るからに動揺していたが、必死で表情に出さないように気をつけているのがわかった。

「……ストーカーというのは清嗣の勘違いではなかったのか……」

「はい。そして『ストーカー』ではないと思います。月照院君の身の安全のためにも、

警察に相談されることをお勧めします」

「ストーカーではない？」

父が眉を顰め、問いかけてくる。きっちり説明すればおそらく『誰が』という疑問も抱いてくれるだろうという望みをかけ、僕はできるだけ主観が入らないよう、事実だけを述べ始めた。

「清水という暴力団員はおそらく、誰かに命令されて月照院君を付け狙っていたのでしょう。月照院君は、彼の視線を感じることや、身の回りのちょっとしたものがなくなることから、ストーカー被害に遭っているのではと恐れるようになりました。が、それはまさに清水の――そして清水に命令した人間の狙いでもあったんです」

「狙い？」

どうやら父親は僕の言葉に信憑性を見出してくれているようだ。隣で青ざめる息子は勿論、今や紙のように白い顔色となっている夫人も『信憑性』をもって聞いてくれているのがわかる。

「はい。今後月照院君に身の危険が迫った場合、皆が彼の言っていた『ストーカー』を疑うでしょう。それが主謀者の『狙い』です。月照院君を狙う真の目的を隠すために『ストーカー』という状況を作り上げようとした人間がいた。ヤクザは月照院君の

『ストーカー』には普通に考えてなり得ませんからね」

「……その主謀者というのは……」

父親の視線が妻へと移る。と、ちょうどいいタイミングで僕の携帯が着信に震えた。

「失礼します」

かけてきたのが叔父とわかり、電話に出る。

「はい。麗人です」

『清水を警察に突き出したところ、彼は銃を所持していたため、銃刀法違反の罪で組長への逮捕状が出た。こうした場合、組織の長が責任を問われるんだ。つまりは組が潰滅したということだ』

叔父の興奮した声を聞く、僕もまた興奮していた。

「ありがとうございます。それ、すぐに皆さんに伝えていいですよね」

そう言うと叔父の答えを待たずに電話を切り、今の話を月照院一家に知らしめるべく口を開く。

「叔父からでした。月照院君を尾行していた清水が逮捕されたそうです。彼が銃を所持していたので、所属する組織の長にも――青龍会の組長にも逮捕状が出た結果、青龍会は潰滅したということです」

「なんですって!?」

今まで平静さを保っていた月照院夫人が、ここで馬脚を現した。

「お前……」

疑いを抱くようになっていた月照院の父親が、自分の妻を見て唖然とした顔になる。

「……え……？」

月照院君は状況を理解できていないようだった。戸惑う声を上げる彼に僕は、

「部屋に行ってようか」

と声をかける。

「そうしてもらえるかな」

父親が作った笑みを浮かべ、僕に頷いてみせる。父親の頰が痙攣していることにも気づいていないらしい月照院を連れ、僕は彼の部屋へと向かった。

「どういうことなの？　僕はヤクザに狙われていたの？」

部屋に入るとすぐ、月照院が僕に縋るようにして尋ねてきた。

「その可能性が高いね」

彼はきっと傷つくだろう。しかし今後、真実を知らずに過ごすことはできないに違いない。その役割を僕が果たすのか、それとも父親が果たすのかということだが、父

親よりは僕のほうが上手に説明できるかもしれないと思い、できるだけショックを与えないよう心がけつつ話し始めた。

「犯人——と敢えて言わせてもらうと、犯人の目的は君がストーカーに狙われているという状況を作ることだったんだ。その上で、周囲にはそれが君の妄想か、混雑した電車に乗りたくないがための嘘と思い込ませようとした」

「……犯人……」

さすがに月照院も『犯人』が誰を指すのか理解したようで、青ざめた顔のままぽつりとそう呟く。

「ああ。だから君がストーカーに怯えているのに、登校時は車で送るが、下校時や塾に行くときには車は使わないという不自然な状況となっていた。移動手段をすべて車にすれば君の身の安全は図れるのに、敢えて『隙』を作ったんだ。君を攻撃することができる隙を」

「……どうして……」

月照院の瞳がみるみるうちに潤んでくる。君が悪いのではない、と僕は彼の肩に手を置くと、ゆっくりと首を横に振りつつ、理由を明かしていった。

「君が憎いとか、そういうことではないと思う。ただ彼女は——君の義理のお母さんは、自分が産んだ子供を月照院グループの跡継ぎにしたかった。魔が差したんじゃないかな。それか、昔付き合いのあった暴力団員にそそのかされたのかもしれない」

最後のはただの慰めであり、実際その可能性を僕は一ミリも考えたことはなかった。しかし月照院が義母に対し思い入れを持っていたとしたら気の毒だと考え、付け足したのだ。

「…………」

月照院の顔が歪み、ぽろぽろと涙を零す彼が嗚咽《おえつ》を漏らし始める。

「君は悪くない。大丈夫だ」

言いながら彼を抱き寄せ、背中をポンポンと叩いてやる。泣く赤ん坊をあやすときには背中を優しく叩いてあげるといいというのを前に聞いたことがあり、実践してみたのだが、赤ん坊だけでなく高校生もそれで落ち着かせることができたようで、次第に嗚咽がおさまってきた。

「……ごめんね……」

恥ずかしそうな顔で詫びてきた月照院は僕から離れると、ぽつぽつと話し始めた。

「お義母《かあ》さんも気の毒ではあったんだ。夜の仕事をしていたことで親戚一同から白い目で見られていたし……」

月照院は本当に『いい子』だ、と、義母を庇う発言をする彼を前に僕は、感心してしまっていた。

「それでも、やっていいことと悪いことはあるよ」

息子は義母を許している。父親は妻を許すだろうか。許したとなると今後、月照院の身の安全をいかにして守っていけばいいのかという新たな心配が生まれることになる。

まあ、月照院グループの会長であれば、『許す』ことはしないだろう。許したとしても息子の身の安全に無頓着でいるわけがない。

そのあたりは、同じ高校に通う学友として見守らせてもらおう。そう決意すると僕は、

「……そうだね……」

と俯いてしまった月照院の肩に両手を乗せ、

「これからも何でも相談しておくれね」

と得意の『天使の笑み』を浮かべ、縋るような視線を向けてくる彼の瞳を覗き込んだのだった。

僕にはもう一つ、やることがあった。

「叔父さん、本当にありがとうございました」

翌日、月照院家から帰るとすぐに僕は叔父のもとへと向かい、満面の笑みで感謝の言葉を告げた。

「で？　どうだった？　そっちは」

どうやら叔父はずっと案じてくれていたようで、待ちかねたというように身を乗り出し問いかけてくる。

「月照院君の父親とは危機感を共有できました。今朝、母親が朝食の席に姿を見せなかったところを見ると、すべてを察したんじゃないかと思います」

「月照院夫妻が離婚するようなことになれば、青龍会の幹部も夫人からの依頼だったと吐くかもな」

利用価値がなくなるわけだし、と続けた叔父が、思い詰めたような顔で僕を見る。

「なあ」

「はい？」

何を問うのか、と多少身構えたが、叔父が気にしていることがなんだかわかった瞬間、胸にはなんともいえない温かな思いが満ちてきた。

「お前の同級生は大丈夫か？　さぞショックを受けたんじゃないか？」

泣きじゃくる月照院の様子を見たわけではない叔父が、その身を案じてくれている。

やはり叔父は温情溢れるいい刑事であったに違いない。

その確信を胸に僕は、

「大丈夫です。僕がついていますので」

任せてください、と大きく頷くことで、叔父の懸念を払拭しようとしたのだった。

第三話
美少年、売れない探偵と事件を解決する

1

なぜだか最近、依頼の内容が変わってきたように思う。

依頼方法も電話ではなくホームページの予約フォームをメインに切り換えたのだが、大岩代議士長男の逮捕、そして先日の月照院夫人の逮捕——彼女は昔の情人である暴力団幹部に義理の息子の殺害を依頼していたことが明らかになり逮捕され、ついこの間、起訴されたばかりだった——の報がマスコミを賑わせたあとは、浮気調査や素行調査は鳴りを潜め、事件性があると思われるものが増えてきたのだ。

二つの事件を『解決』したのが、八丁堀にある平井探偵事務所の所長代理、警視庁捜査一課の敏腕にして正義感の塊である元刑事、武知正哉であるという噂がネット上に広まった経緯については心当たりがありまくるのだが、その影響で依頼内容がガラリと変わったのだろう。

浮気調査は正直なところ、生活のためと割り切ってやっていたところがあった。尾行や証拠集めは刑事だった頃の経験が役立ち、きっちり成果も上げられていたが、空しく感じないといえば嘘になる。

一方、新たに入り始めた依頼は、犯罪絡みのものが大半だった。冤罪で逮捕された身内を救ってほしいというものや、自分の息子が犯罪に巻き込まれているのではないかと心配なので確かめてほしいというもの。刑事ではなくなった今、犯罪を未然に防いだり、犯罪を摘発したりということには、もうかかわれないものと諦めていた俺にとって、そうした依頼は実にやり甲斐があり、探偵という仕事に今まで以上のモチベーションを抱き始めていた。

唯一の悩みはそうした犯罪絡みの依頼に、甥の麗人がかかわろうとすることだ、と、今日も学校が終わったあと当然のように事務所に居座り、パソコンを操作している彼をちらと見る。

「あ、叔父さん。この依頼、受けましたよね。もうすぐ面談の時間じゃないですか？」

ホームページの運用は今や麗人が担当していた。俺がネット音痴だからだが、おかげで彼は全ての依頼を閲覧し、依頼を受けるか否かにもきっちり口を出してくる。『受けない』という理由の大半は、悪戯と見越したためで、実際、アポイントメントを入れてあっても依頼人が事務所に現れることはない。それでその時間に麗人は別の予定を入れるのだが、最初のうちは、ダブルブッキングになったらどうすると心配していたものの、麗人の眼力が確かであることはすぐに明らかになり、スケジュールは彼に任せることにした。

「そうだな」

午後五時に来るはずのクライアントは、三十五歳の主婦だった。自分の命が狙われている気がするので調べてほしい、というもので、俺からしたらこれこそ悪戯ではないかと思ったのだが、麗人の判断は違ったのだ。

しかし約束の五時から十分経っても依頼人の『都築《つづき》よしの』は現れず、これはもしや、珍しく麗人が見誤ったのかと思わず彼を見る。

「来ますよ」

視線に気づいたのか、麗人がむっとしたように言い返してきたのを聞き、こうしてムキになるところは高校生なんだよな、と苦笑しそうになったそのとき、インターホンが鳴ったと同時にドアが開き、一人の女性が駆け込んできた。

「ご、ごめんなさい。遅くなって。ちょっと出がけにアクシデントがあって。あ、五時にアポを取った都築です」

息を乱している彼女を前に啞然としていた俺の代わりに声をかけたのは麗人だった。

「今、お水を持ってきますね」

「ありがとう」

ハンカチで汗を拭いながら女性は――都築よしのは麗人に礼を言ったあと、あら、という顔になった。

「あなた、S高？」

「はい」

「うちの主人も下からS校なのよ」

「そうなんですね」

麗人が愛想よく答えるのに、

「まさかあなた、アルバイト？」

とよしのが眉を顰める。

「いえ。僕、所長代理の甥で、一緒に住んでいるんです。学校から帰ってきたので挨拶に寄っただけなんですよ」

にこにこ笑いながら麗人は部屋の隅にある冷蔵庫からペットボトルと、そしてコップを手に戻ってくると、

「どうぞ」

とまさに『天使の笑み』を浮かべ、応接セットのテーブルに置いた。

「仕事の邪魔をしたら悪いから、部屋に戻っているね、叔父さん」

『人懐っこくて可愛い甥』を完璧に演じてみせたあと、麗人は居住スペースへと通じるドアを出ていった。

「甥御さんと同居されているんですか？」

応接セットのソファに座りながら、よしのが興味津々といった顔で問うてくる。

「ええ。彼の両親も祖父母も亡くなったので、私が引き取ることになりまして」

「あら、そうだったんですか。ごめんなさい、ずけずけとプライベートなことを聞いてしまって」

バツの悪そうな顔になった彼女は俺がフォローの言葉をかけるより前に、

「それで依頼なんですけど」

と話を自ら変えてくれ、慣れない気遣いをしなくてすんだことに俺は密かに安堵した。

「はい」

「私、命を狙われている……と思うんです」

「心当たりがあるのですか？」

アポイントの時間には来た。が、これはやはり『悪戯』ではないかという疑いが芽

生える。大仰すぎるんだよな、と思っていた俺の前で、彼女はきっぱりと、

「あります」

と頷いたかと思うと、持っていたハンドバッグの中から一枚の写真を取り出し、俺の目の前に置いた。

「桜木《さくらぎ》慶子《けいこ》。主人の部下です。彼女、頭がおかしいんです」

「は……はあ」

写真に写っているのは二十代半ばに見えるモデル風の美女だった。よしのも美人の部類には充分入るが、華やかさと若さは写真の彼女に軍配が上がる。

と、失礼なことを考えたのがわかったのか、よしのの目が心持ち厳しくなった気がした。

「彼女、夫に横恋慕しているんです。だいたい、妻のいる男性に恋する時点で『おかしい人』になると思うんですけど、彼女の場合、夫はまったく相手にしていないのに、妻の私さえいなくなれば夫と結婚できると、なぜか思い込んでいるんです。頭、おかしいでしょう?」

「ま……まあ、そうですね」

他に相槌の打ちようがなく頷いた俺に対し、よしのはよくぞ同意してくれた、と喜

色満面といった顔になり身を乗り出してきた。

「でしょう？　それで今日も車で来ようとしたんだけど、なんとなく嫌な予感がして、調べたらブレーキオイルが抜かれていたんです。もし気づかず運転していたかと思うと……ああ、怖い。きっとあの女の仕業だわ」

「その……すみません、根拠は……」

なんとなく嫌な予感がして問いかける。

「もしやと思って主人の会社に電話をしたの。彼女、体調不良を理由に有休を取っていたことがわかったのよ」

ドヤ顔で告げるよしのを前に俺は、どうしていいものやら、と内心途方に暮れていた。

「他にも色々な嫌がらせをされたわ。彼女がウチに来た日に、階段から突き落とされそうになったこともあったの。嫌がらせくらいじゃ放置したけど、命まで狙われているとなったら黙ってはいられないわ。そう思うでしょう？」

「まあ……そうでしょうね」

本当によしのの身に危険が迫っているとしたら放置するわけにはいかないが、実際のところはどうなのだろう。

「あの、身の危険を感じていらっしゃるのなら、警察に相談したほうがいいと思いますよ」

彼女を信用していないわけではない。ブレーキオイルを抜かれていたのが事実であるのなら、警察に捜査してもらったほうが有効ではないかと思ったのでそう告げたのだが、それを聞いたよしのは、

「とんでもない」

と物凄い形相で俺を睨みつけた。

「え……っ？」

「警察沙汰にするなんて、主人の信用に傷がついたらどうするんですか」

「ど、どうするって……」

自分の命よりも『主人の信用』が大切なのだろうかと、そのことに驚いていた俺に対してよしのは、

「いいですか？」

と尚一層身を乗り出し、主張を続けた。

「主人は今、役員になれるかどうかの大切な時期なんです。頭のおかしな部下に足を引っ張られたくありません。こんなことが世間に知れたら、事実は彼女の横恋慕なの

に、不倫をしていると誤解されかねないじゃないですか」

「そ、それは杞憂かと……」

どうしてそうなる、との思いが口に出てしまった俺に向かい、よしのは、馬鹿か、とでも言いたげな口調で言葉を続けた。

「杞憂なものですか。だいたい、片想いの相手の妻を殺そうだなんて、普通思います？　頭のおかしな彼女だからこその行動なのに、世間はきっと主人と彼女が男女の仲だと誤解するに決まってます」

「そ……それは……」

確かに、痛くもない腹を探られる可能性はゼロとは言えない。しかし百でもないのではないか、と告げようとしたが、よしのはもう俺の言葉を聞く気はなさそうだった。

「ともかく！　私の命を狙っているという証拠を集めてください。言い逃れのできない証拠を突きつければ、彼女も観念するでしょう。頼みましたよ。ああ、主人の勤務先はこちらです」

言いながらよしのは再びハンドバッグを開き、中から取り出した一枚の名刺を俺の前に置いた。

「……大手ですね……」

書かれていた会社名は世間の人間のほぼ十割が知っていると思しき総合商社のものだった。

「私の連絡先は予約フォームに書きましたよね」

「あ、はい」

確か携帯の番号とメールアドレスが書いてあったはずだ、と思い出し頷いた俺に、よしのは、

「それではよろしくお願いします」

と頭を下げたあとに「今日の支払いは？」と問うてきた。

「あ……初回相談料は五千円です」

「領収書、いただける？」

「はい」

初回相談料五千円の領収書は、日付と宛名を書くだけのものを麗人が一冊まるまる準備してくれていた。

本当に至れり尽くせりだ、と思いながら俺は『都築様』と記し、今日の日付を書いて、五千円札を渡してきた彼女にそれを手渡した。

「すぐに動いてくださいよ。命がかかっているんですから」

「わかりました。お任せください」

「くれぐれも、急いでよ」

よしのは尚も念を押し、事務所を出ていった。やれやれ、と溜め息を漏らした俺の背後で、住居に通じるドアが開く。

「命を狙われている恐怖より、怒りのほうが強かったですね」

「やっぱり聞いてたんだな」

まあ、予測はしていたけれど、と睨んだ俺を見返し麗人が肩を竦める。

「予測していたのなら怒らなくてもいいのでは？」

「……あのなあ」

どうしてこの子は俺の心を正確に読むのか。俺がわかりやすいからだ、などと言われたら腹立ちを覚えるに違いないのでやめておく。

「本当に横恋慕なんでしょうかね」

怒りをぶつけられないとわかったからか、麗人が淡々と問うてくる。

「そもそもどうして『横恋慕』とわかるんでしょう。その辺の説明はなかったですね。宣戦布告でもされたんでしょうか」

「ああ、そうだな」

よしのの剣幕に押され、そのまま流してしまったが、言われてみれば疑問は残る。

「明日、本人に直接聞くよ」

会社の受付で桜木慶子を呼び出してもらうか、もしくはオフィス前で張るか。刑事の頃には迷わず呼び出していたが、探偵からの呼び出しに彼女が応じてくれるとは思えない。

やはりここは地道に彼女を見張ることにするか。よしのの夫、都築には本当に相手にされていないのか、実は男女の仲だったりしないか、ということも、見張っているうちに確証が得られるかもしれない。

「今回の場合、呼び出すほうが早いんじゃないかと思いますよ」

と、そこに麗人の声が飛んできた。

「あ？」

「奥さんから、特に口止めされたわけじゃないじゃないですか。とにかく急げと言われたことだし、正面からぶつかるのが一番の早道じゃないかと思います」

「…………」

領収書を作り置いてくれたり、スケジュール表を見やすく整えてくれたりは非常にありがたい。しかし、調査の方針まで立てようとするのはやりすぎだ。

元刑事なので当然捜査の経験はあるし、何より人生経験は倍積んでいる。なぜそれを無視できるのか、と、さすがにむっときたこともあって俺が言い返そうとしたときには、既に麗人が喋り出していた。

「都築智雄《ともお》について、ざっと調べました。企業のサラリーマンなのでたいしたネタは上がっていませんでしたが、確かに出世は早いですね。経済誌や大学時代のサークルのweb名簿に写真があがっていましたが、わかりやすいイケメンでした。K大の体育会ゴルフ部出身、長身、仕事もできる、そしてイケメンとくれば、さぞモテることでしょう」

「……さすがだな」

夫について、あっという間にそこまで調べるとは、と感心していた俺を、麗人はまるで可哀想な子供を見るような目で見やる。

「スマホがあれば一分もかかりませんよ。というわけなので、明日、十一時半頃を狙って会社に桜木慶子を訪ねてください。ランチを奢るといえばあれこれ喋ってくれることと思いますよ」

「ランチ！」

話題は『奥さんを殺そうとしていますか？』という物騒なものだというのに、と目

を見開いた俺に対する麗人のリアクションは、

「冗談です」

という実にむかつくもので、またも俺は爆発しそうになる怒りを必死で抑え込むことになったのだった。


翌朝、午前八時過ぎには都築の会社前で張り込み、慶子が来るのを待った。が、十時近くなっても彼女の姿は見えず、八時前に出社したか、または今日は休みということか、と空振りを自覚し溜め息を漏らしそうになる。

そのまま十一時半まで張ってみたが、やはり慶子は現れなかった。仕方がない、と、結局俺は麗人が言ったとおり慶子を呼び出してもらうことにした。

「お約束ですか？」

美人の受付嬢が愛想笑いを浮かべつつ問うてくるのに、

「いや、あの……や……約束はしていないんですが」

としどろもどろになりつつ取り次ぎを頼む。

「少々お待ちください」

受付嬢はそう言うと、慶子に電話を入れてくれたようだ。

「はい。武知正哉さんとおっしゃるかたです。お名刺は特に……。お約束ではないとのことですが……」

受付嬢の電話を聞きながら俺は、これは無理だな、と諦めていた。名刺は敢えて渡していない。『探偵事務所』と名乗ったほうが会ってもらえる確率は下がると思ったからだが、より怪しさが増してしまったのは間違いない。

体よく断られて終わるだろうから、昼食時か、または帰宅時に会社の前で張ることにしよう。少なくとも出社していることはわかったわけだし、と早くも諦めていた俺の前で受付嬢が電話を切ったかと思うと、視線を俺へと向けてくる。

「お待たせしました。桜木はただいま参ります。今少しお待ちいただけますでしょうか」

「え……っ」

まさかの面談成立!? 信じられない、と驚いた直後、まさか怪しい男だと警備員か警察に突き出すつもりだろうかという可能性を思いつく。

まずは話を聞いてもらわねば、と身構えていると、エレベーターホールから大勢の人間が吐き出されてきて、その中に目当ての女性の姿を見つけることができたのだった。

「あの……武知正哉さんですか？」

訝しそうな顔をしながら声をかけてきた慶子は、写真の印象より華やかに感じられた。モデルのように顔が小さく色が白い。

彼女に好かれたら、大抵の男はクラッときそうだ。とても『横恋慕』するようなキャラには見えないな、というのが俺の第一印象だった。

「はい。お忙しいところ申し訳ありません」

名刺を差し出し慌てて頭を下げると慶子は受け取った名刺をちらと見たあと、

「ちょうど昼食に出るところだったので」

そう言い、視線を俺の顔へと移す。

「あ、ご馳走します」

今のはまさかのランチの誘いだろうか。まさか、と思いながらも誘ってみると、

「ありがとうございます」

慶子ににっこり微笑まれ、信じられない、と唖然となった。

「あの、静かに話ができるような店、ありますかね」

想定していなかった事態に、慌てまくる俺の額には汗が滲んできてしまっていた。

「心当たりがあります。こちらです」

慶子がすたすたと歩き出すのを焦って追いかける。受付嬢たちの視線を痛いほど背中に感じながらビルの外に出ると、慶子が俺を振り返り、更に予想だにしていなかった言葉を口にした。

「武知さんって、最近話題の私立探偵ですよね。大岩代議士の息子を逮捕に導いたことや、月照院家の息子殺害を未然に防いだことで有名な」

「えっ」

まさか身バレしていたとは。しかもどちらもぶっちゃけ、俺の手柄ではない。言い訳をしかけた俺の言葉に被せ、慶子が喋りはじめる。

「そんな有名な探偵に浮気調査をさせようだなんて、都築部長の奥さんも頭、おかしいですね」

「ええっ」

どれだけ彼女は俺を驚かせてくれるのだ。思わず足を止めてしまった俺を見て、彼女は一瞬、呆れた表情になったが、すぐ笑顔を作ると、

「あのビルの上に、静かなレストランがあります。イタリアンですけどそこでいいで

すよね？」

　と聞いてきた。

「任せます」

　まさか都築夫人について言及されるとは思わなかった。やはり夫人の言うとおり彼女は上司である都築部長に横恋慕をしているのだろうか。

　しかし動揺はしていられない。まずは話を聞くことだ。都築よしの言うことが真実か否かを確かめる。『命を狙っている』など、あり得ないと思っていたが、これからどうした展開になるのか。予測がつかなくなってきた。

　まずは落ち着きを取り戻すことだ、と自身に言い聞かせると俺は慶子に続き、彼女が告げたイタリアンレストランへと向かった。

　店はビルの最上階にあり、いかにもな高級店だった。メニューを見て値段設定の高さに驚いたが、それだけに店内は空いており、ゆっくり話すのに最適な場とはいえた。

「時間がないのでランチメニューにしましょう。私はAで。武知さんは？」

　主導権は情けないことに慶子に取られたままだった。

「私も同じで」

　と注文をし、ウエイターが去ると慶子が心持ち身を乗り出し問いかけてきた。

「都築夫人に浮気調査を依頼されたんですよね？　私が都築部長と付き合っている証拠を集めてほしいと、そういうことでしょうか？」

「いや、それは……」

依頼内容を話すわけにはいかないと断るより前に、と俺は今の慶子の発言を確かめることにした。

「今、都築部長と『付き合っている』と仰いましたか？」

「はい」

しれっと答えた慶子が、訝しそうに眉を顰める。

「その件でいらしたんですよね？　正面切っていらっしゃるとは正直意外でしたけど」

「………」

慶子の言いようだと、やはり『横恋慕』ではなく、はっきり関係はあるようである。

話が違うな、と首を傾げた俺の前で、慶子が嬉しそうな――というには少し意地の悪さが感じられたが、晴れやかな笑顔となった。

「でも浮気の証拠を集めはじめたっていうことは、離婚してくれる気になったってことですよね。ああ、よかった。もうあの奥さん、絶対別れないって頑張るんだもの。

部長は慰謝料でもなんでも払うって言ってるのに」

「ちょ、ちょっと待ってください。それは本当ですか？」

よしの話とまるで食い違うじゃないか、と、俺は思わず確認を取ってしまった。

「勿論です」

疑念を持たれたことにむっとしたらしく、慶子はバッグからスマートフォンを取り出すと手早く操作し、俺の前に差し出してきた。

「…………」

映っていたのは彼女と、そして彼女の肩を抱いて微笑んでいる都築部長の姿だった。二人して浴衣姿であるところを見ると温泉旅館かどこかで撮ったものと思われる。

部長はすっかり酔っていた。慶子は心持ち顔が引き攣っている。部長の『自撮り』らしいが、と写真を見ていたところ、慶子が、

「これ、今送りましょうか？」

と挑戦的な目を向けてきた。

「部長は奥さんに別れてほしいからわざわざ二人のラブラブ写真を撮って送りつけてやるって言い出して……私の顔が微妙なのは、この写真を証拠に、私まで慰謝料を請求されたら嫌だったからです。面倒なことになるのはご免なので写真は送らないでと

頼んで、奥さんじゃなく私に送ってもらったの。部長、私の頼みは大抵のことは聞いてくれるのよ」

「……はあ……」

今のは惚気《のろけ》だろうか、と思いながらも俺は、一応もらっておくか、と申し出た。

「わかりました」

メールアドレスを聞かれ、写真を送ってもらう。と、そこに注文の料理が運ばれてきて、会話は一時中断となった。

「ここは部長がよく連れてきてくれるんです。値段が値段だからいつも空いていて、二人の時間を過ごせるんですよ」

慶子の惚気発言が続く。どういうことなのだろうと俺は混乱しつつも、真実はどこにあるのかと思考を巡らせていた。

嘘をついているのは彼女なのか。それともよしのか。まずは慶子から確認を、と、食後のコーヒーが運ばれてきたあと、思い切って問うてみる。

「実は奥さんからは、あなたがご主人に横恋慕をしていると聞いたのですが」

「え？　横恋慕って？　私が一方的に部長を好きだと、あの人そんなこと言ったの？」

慶子は余程驚いたらしく、店内に響き渡るような大きな声を上げたあと、数組いた客たちの視線を集めたことに気づいたようで、バツの悪そうな顔になった。

「いやだ。冗談みたい。私と部長は恋人同士です。まあ、部長の離婚がまだ成立していないから『愛人』ってことになるのかもだけど。でもちょっと待って。一体奥さんの依頼ってなんだったんです？　探偵に何を依頼したの？　まさか別れさせろとか、そういうこと？　あなたみたいな有名な探偵が、別れさせ屋みたいなことをやってるの？」

「ち、違います。落ち着いてください」

慶子の声が次第に高くなっていく。さっき注目を集めたことを恥じたばかりじゃないか、と俺は焦って周囲を見渡した。

こんなところで探偵事務所の評判を落とすわけにはいかない、と、迷った結果、依頼内容を問題ない範囲で話そうと心を決めた。

「私は別れさせ屋ではありません。奥さんは何者かに嫌がらせをされているとのことで、その犯人を探してほしいと、そういう依頼を受けたんです」

「犯人は私だと言ってたのね？　夫の愛人だから」

「いやそこまでは……」

それに『愛人』ではなく『横恋慕』と言っていたし、と口ごもった俺の前でまた、慶子の声が高くなる。

「冗談じゃないわ。そんなことするわけないじゃない。そんなことして訴えられでもしたら、会社を辞めなきゃならなくなっちゃう。ようやく夢だった海外駐在に出られそうなのに、そんな馬鹿なことするわけないでしょう!?」

「お、落ち着いてください。目立ってますよ……っ」

慶子にとって会社が大事なように、俺も探偵事務所が大事だ。我に返ってもらわねば、と小声で突っ込むと、無事、慶子は自分で自分の首を絞めていることに気づいたらしい。

「……そ、そうですね」

声のトーンを落とした彼女は、落ち着こうとしたのか、はあーと、大きく息を吐き出すと、改めて姿勢を正し、キリッとした顔でこう言い放った。

「ともかく、私は都築部長夫人に嫌がらせなどしていません。とんだ言いがかりです。きっちり、否定しておいてください。ああ、それから」

ここで慶子は一段と厳しい目つきをし、俺を睨み付けた。

「私が部長と付き合っているのは、部長が奥さんとは離婚して私と結婚すると約束してくれたからです。部長の離婚に不利になるとわかっているので、二人の関係はひた隠しにしています。間違っても聞き込みなどしないでください。もし噂にでもなったらあなたを恨みますよ」

そう告げると慶子は、それでは、と立ち上がり、手にしていた財布から金を出そうとする。

「あ、ここは出しますので」

「そうですか。ありがとうございます」

ご馳走すると言った手前、払わせるわけには、と言葉をかけると、すぐに慶子は礼を言い、つんとしたまま店を出ていった。

「…………」

一体——どういうことなんだ？

わけがわからない。話が違うにもほどがある。混乱しながらも俺は金を払って店を出ると、事実関係を確かめるにはもう、都築部長本人に確かめるより他ないか、という結論に達した。

ダメ元で、と、彼の会社に引き返し、受付嬢に都築部長との面談を申し入れる。

「お約束は……」

「ありません」

先ほどと同じ受付嬢は、興味津々といった顔で問うてきた上で部長に連絡を入れてくれたが、今度は予想どおりの結果となった。

「生憎都築は出張に出ております」

「そうですか……」

ありがとうございました、と礼を言って受付を離れると俺は、取り敢えず事務所に戻ることにした。が、受付嬢の目が爛々と輝いていることに気づき、彼女にちょっと話を聞いてみようかと引き返す。

「あの、失礼ですが少しお時間ありませんか？」

「私ですか？」

受付嬢は驚いたように目を見開いたが、なんとなく演技をしているような感じがした。

「わかりました。ちょうど休憩なので」

小声でこそ、と告げた彼女が、隣に座る同僚に「失礼します」と礼をし、受付ブースを出てくる。

「そこの打ち合わせスペースでいいですか？」

　今日は女性に主導権を握られることが多い日らしく、てきぱきとした口調の受付嬢は俺を従え、ロビーと同じ一階にある、打ち合わせ用の机と椅子がいくつも並ぶ仕切られたスペースの中の一つに俺を連れていった。

「さっきググったんですが、武知さんって探偵なんですよね。都築部長と桜木さんのことを調べてらっしゃるんですか？」

　席に座ると受付嬢は身を乗り出し、問いかけてきた。

「奥さんからの依頼でしょうか？」

「いや、それは……守秘義務がありますので」

　俺がそう言うと「まあそうですよね」と彼女はすぐに納得した。

「まずお名前を……」

「雨宮《あまみや》です。雨宮由香利《ゆかり》。友達が都築部長の部にいるんですけど、部長と桜木さんがデキてるんじゃないかと疑ってたので、やっぱりそうだったのかなって気になって」

「噂になっているんですか？」

　思いもかけず、状況を知る手立てを得た、と俺は受付嬢に——雨宮に確認を取った。

「噂というか……桜木さんって凄い美人じゃないですか。彼女を狙っている人、多いんです。都築部長もその一人って噂があったので、やっぱり付き合っていたのかなあと」

「二人は不倫の仲なんですか？」

慶子はひた隠しにしていると言っていた。が、隠せていないということか。気になり、ずばりと問いかけると雨宮は、

「それを知りたいんですけど」

と少し不満げな顔になった。

「ええと……」

やはり慶子の言うとおり、二人の不倫関係は多少の噂にはなっているものの、好奇の的になっているレベルで、確証は得られていないようだ。

逆に真相を聞かれるとは。下手なことを言って慶子の恨みを買うわけにはいかない、と俺は密かに首を竦めると、雨宮に敢えて確認を取った。

「『噂』になっているのは、都築部長が桜木さんを気に入っていると、それだけですね？」

「気に入っているというか……うん、まあ『気に入ってる』ですかね」

雨宮が考え考え話し出す。

「桜木さん、美人なだけじゃなくて仕事もできるので、仕事面でも『お気に入り』で

はあるそうです。客先にも好かれているからと、部長はよく客先訪問や接待に彼女を連れていってます。そういうところが他の社員にやっかまれて、不倫の噂が出たんじゃないかとも言われてましたけど」

「なるほど。不倫の事実があるかどうかは明らかになっていないんですね」

「なってたら大変ですよう」

雨宮の声が一瞬高くなる。が、すぐに彼女は再び声を潜めると、

「実は去年、ウチの役員が大変なことになって」

と話を再開した。

「大変なこと？」

「若い秘書と不倫をしているのがバレたんです。奥さんは会社に怒鳴り込んでくるわ、裁判中に奥さんが弁護士殴りつけたりして週刊誌ネタにされるわで大騒ぎになったの、覚えていませんか？」

「ああ、そういえば……」

うっすら記憶がある。妻が夫と秘書を相手に訴訟を起こしたが、会社が大手だったことと奥さんのキャラが強烈だったためにかなり話題になった。そういえばここの会社だったか、と思い出していた俺に雨宮が、更に声を潜め、話を続ける。

「会社もプライベートは自己責任、なんて言ってますけど、不倫で騒動を起こしたような場合、やっぱり出世に響くんです。例の役員も、表立った処分はなかったけど結局体調不良で退任しましたし」

「なるほど」

先程慶子が『不倫』扱いに切れていたのはそういう背景があるからか、と、納得することができた。

「それで、不倫は決定ですか？」

爛々と目を輝かせ、雨宮が問いかけてくる。

『守秘義務でお答えできません』

答えはそれしかないが、雨宮には『そう答えるということは不倫をしていたのだな』と誤解される恐れがある。

どうしよう、と迷った結果、俺は、

「現在まったくの五里霧中《ごりむちゅう》でして」

と頭をかき、誤魔化すことにした。

「都築部長に直接お話を伺って確かめます。明日はお戻りでしょうかね？」

ついでに都築の予定も聞いてやれ、と問いかけると雨宮は、

「はい。明日は出社と秘書が言っていましたよ」

と答えてくれただけでなく、「明日、秘書に空いている時間を聞いて連絡しますよ」と非常に協力的なスタンスであることを示してみせ、それも好奇心ゆえか、と俺は心の中で溜め息を漏らしたのだった。

しかし翌日、彼女から電話が入る前——そう、その日のうちに俺は、警視庁時代の後輩の工藤から驚くべき電話をもらうこととなった。

※　※　※

桜木慶子への聞き込みから戻った叔父は、疲れ果てた顔をしていた。

「お疲れ様です」

「ああ、ありがとう」

冷たい水を出してやると、それを一気に飲み干したあと、うーん、と唸りだしたので、理由を聞くことにする。

「どうでした？　桜木慶子には会えました？」

「ああ、会えた。昼食を奢った」

「さすが叔父さん。まさか本当にランチを一緒にしてくるとは」

「お前が言ったんだろうが」

　なんと叔父は僕が冗談で言った『ランチ』を実現させてきた。こういうところはかなわないと思う。叔父は基本、人好きがする。強面ではあるが、性格がいいことが滲み出ているからだろう。

　言い捨てた叔父を「本気で感心しているんですよ」と賞賛すると、少し機嫌を直したのか、詳しい話を教えてくれた。

「……なるほど。食い違いますね。慶子は横恋慕どころか、恋人だと言ったんですね？」

　叔父のスマホに彼女が送ってくれたという写真を見る。

「ラブラブ……ですかね。彼女の顔、引き攣ってますけど」

「社内不倫がバレるような写真は撮りたくなかったんだろう」

　叔父はそう言うと、なんと、受付嬢に拉致られて聞かされたという話をしてくれた。

自ら働きかけずとも情報のほうから懐に飛び込んでくる。やはり叔父は人好きがする、と感心してしまう。

「会社のスタンスとして、表面上は私生活は関係ないということになっているが、やはり不倫のような問題が起こると出世の妨げになるということだった。慶子には海外駐在ができなくなるので聞き込みなどするなと釘を刺されたよ」

「なら不倫なんてしなければいいのに」

自ら危険に突っ込んでいっておいて、何を言っているんだか、と僕は心底呆れてしまった。

「だよなあ」

叔父もまた呆れた顔になり、都築部長と慶子が映るスマホの画面を眺めている。

「整理しましょう」

混乱しているに違いない叔父のために、と僕は紙を広げ、関係図を書いていった。

「都築部長の妻、よしのは、夫の部下である慶子が横恋慕の末、自分の命を狙っていると相談してきた」

「ああ」

「一方、慶子は自分は都築部長の恋人であると主張、とはいえ会社に不倫がバレれば海外駐在に行けなくなるので社内では隠している、妻を攻撃などするはずがない、と反論してきた」

「ああ、そう言っていた」

「世間的な評判として、受付嬢の言葉を信じるとすると、不倫関係はバレてはいない、しかし都築部長が慶子を贔屓しているような評判は少し立っている、とそういうことですね」

「そのとおり」

「そして叔父さんは受付嬢をタラし込んで、明日、都築部長の空いている時間に突撃しようとしている」

「タラし込むってなんだよ」

自覚がないようで、叔父は嫌な顔になったが、すぐ、

「まあ、都築部長に聞いても真実を話すとは限らないがな」

と肩を竦めた。

「確かに、妻と愛人、どちらが嘘をついているのか、判断に苦しむところではありますね」

妻の言うとおり、慶子が横恋慕をしていたとしても、また、愛人であったとしても、妻が死ねば正妻の座が手に入る、とよしのの命を狙う可能性はある。

とはいえ、すべてがよしのの嘘、という可能性もあった。慶子は本当に夫の愛人であると知ったよしのが、慶子への嫌がらせのために『夫に横恋慕している相手に殺されかけた』と言いふらす。会社に直接訴え出れば、それこそ慶子の海外駐在の予定はなくなるだろう。

『愛人』と言えば夫の出世にも響くが、『横恋慕』であれば、夫もまた被害者になる。果たして真実はどちらなのか。それを知るには都築部長に両方の言い分を知らせ、反応を見るしかないだろうな、と思っていた僕の前では、叔父もまた同じ結論に達したようで、

「まあ、明日、ダメ元で都築部長に会ってくるよ」

と告げ、スマートフォンの画面を消すとポケットに仕舞った。

「しかしなんか、いやな感じがするんだよな」

ぼそ、と叔父が呟いたのを聞いたとき、僕もまた同じような感覚に陥っていたため、思わず、

「どこがです？」

と聞いてしまった。

「いや、なんとなくだ」

これぞ刑事の勘、だろうか。肌で感じる何かか？　何事もないといいけれど、と心の中で呟いた僕の耳にまた、叔父の呟きが聞こえる。

「まあ、すべては明日だな」

「……そうですね」

頷きはしたが、予想したような『明日』は来ないことを、数時間後に叔父と僕は知らされることとなった。

都築部長こと都築智雄が、自宅で命を落としたのである。

2

　間もなく日付が変わるというときに、俺の携帯が着信に震えた。かけてきたのが警視庁時代の後輩の工藤とわかり、こんな時間にどうした、と電話に出る。

「もしもし？」

『先輩。今、お時間いいですか？』

　工藤の声に動揺が交じっているのがわかる。一体何事だ？　と訝りながらも、

「別にいいぞ」

　と答えた次の瞬間、工藤が告げた言葉に俺は頭を鈍器で殴られたかのような衝撃を受けた。

『都築智雄、ご存じですよね？　亡くなったんです』

「え」

　都築智雄が死んだ――？

　聞いたことが咄嗟に理解できず、我ながら間の抜けた声を上げる。

『ですから、都築智雄が自宅で亡くなったんです。奥さんは取り乱していて、とにか

く先輩を――平井探偵事務所の武知探偵を呼んでほしいと、その一点張りで』

「わかった！　すぐ行く。どこに向かえばいい？」

『その様子だと心当たりがあるんですね。助かります。そしたらすぐ、迎えをやりますんで』

待っていてください、と工藤が安堵したような声で告げ、電話を切る。

「どうしたの？」

不意に背後で声がしたので、驚いたせいで、

「うわあっ」

と大声を上げてしまった俺の目に飛び込んできたのは、パジャマ姿の麗人だった。

「い、いつの間に」

「叔父さんのただならぬ声がしたから心配になって」

麗人はそう言っていたが、麗人の部屋――元平井の部屋から俺の声が聞こえるはずはない。しかしそこを追及している場合ではない、と、彼も衝撃を受けるであろう電話の内容を教えてやることにした。

「都築智雄が自宅で亡くなったそうだ」

「電話をかけてきたのは？　奥さん？」

麗人の目が険しくなる。が、俺が、

「いや、警察――俺の後輩の工藤だ」

と告げると、「そう」と頷き、微かに息を漏らした。

「なんだって叔父さんのところに電話が？」

「奥さんが取り乱して俺を呼べと言っているそうだ。間もなく覆面が迎えに来る」

「死因は？　事故ですか？　自殺？　他殺？」

「わからん」

麗人は青ざめていたが、口調は冷静だった。

「事故だったら叔父さんが呼ばれることはないでしょうから、自殺か他殺でしょうね」

麗人は自分の問いに自分で答えを見つけると、ぽつりと呟く。

「他殺……ですかね、やはり」

「命を狙われていたのは、妻じゃなくて夫だった……のか？」

よしのの懸念は正しかったというのだろうか。ブレーキオイルを抜かれたり、階段から突き落とされそうになったりした事実はあった。狙う相手がよしのではなく夫だったと、そういうことなのだろうか。

「叔父さん」

一人思考の世界に入り込んでいた俺は、麗人に呼びかけられ我に返った。

「ああ、なんだ?」

「ダメ元で頼むんだけど、僕もついていっていい?」

「ダメだ」

『ダメ元』とわかっているならなぜ聞く、と思いながら即答すると、麗人の「チェッ」という舌打ちが聞こえた。

「寝てろよ。明日も学校だろう」

「叔父さんにお願いがあるんですが」

俺の注意など聞こうともせず、麗人が言葉を重ねる。

「なんだよ」

人の話を聞け、と睨んだ俺への『お願い』はとんでもないもので、聞かなければよかったと後悔しながら俺は彼を完全に無視し身支度を始めた。

「叔父さんに盗聴器を仕込んでいいですか? 僕も奥さんの話を聞きたいので」

「……………」

「叔父さん、聞いてます?」

「………」

無視を続けていると、また、チェッと舌打ちし、麗人が部屋を出ていく。あいつは一体何を考えているんだ、と今度は俺が舌打ちをする番で、彼の出ていったドアを見やったものの、こうしてはいられない、と急いで外出できるような服に着替えたのだった。

工藤の運転する覆面パトカーはその後すぐにやってきた。

「すみません、こんな時間に」

いかつい身体を屈めるようにして恐縮してみせる工藤は、柔道五段の猛者だった。大変ありがたいことに俺を慕ってくれ、警察を辞めたあともマメに連絡をくれている。

そんな彼に俺は「大丈夫だ」と頷くと、事件の概要について尋ねてみることにした。

「都築智雄は他殺なのか？」

「おそらく……しかしちょっと微妙ではあります」

「え？」

何が、と問いを重ねようとした俺に、ハンドルを握りながら工藤が問いかけてくる。

「先輩は奥さんから依頼を受けたんですよね。奥さんは自分が殺されるはずだったと、半狂乱になってるんですが」

「……ああ。依頼内容もまさにそれだった。自分はある人間に命を狙われている気がするので調べてほしいと」

「ある人間というのはもしかして、夫の部下の女性ですか？」

探偵の守秘義務を、後輩に主張しなければならなかったら、と案じていたが、その心配はなさそうだ、と彼を見る。

「奥さんから聞いたのか？」

「はい。それを先輩に相談に行ったばかりなのに、と……」

工藤はそう言うと、改めて俺に聞いてきた。

「奥さんの言うことは本当ですか？　夫の部下に命を狙われているというのは……」

「昨日、奥さんが言う『夫の部下の女性』に話を聞きに行ったが、奥さんの話とは随分食い違っていた」

「というと？」

工藤の問いに俺は、よしのの主張と慶子の主張、両方をそのまま伝えた。

「確かに食い違ってますね……」

うーん、と唸る工藤に俺は、「できる範囲でいいから」と断りを入れることを忘れず、事件の概要を尋ねた。

「二十三時半頃、都築よしのから一一〇番通報が入ったんです。夫が殺されたと。一一九番にも通報したが、死んでいるようだと言うので自宅に駆けつけました。神楽坂にあるマンションです。現場は自宅のリビングダイニング、大阪から出張で戻った彼と、土産の赤福を食べながら赤ワインで乾杯したところ、急に智雄が苦しみ出したということでした」

「赤福にワイン……」

そこは熱いお茶じゃないのか、と突っ込みそうになり、それどころじゃない、と気持ちを切り換える。

「……はともかく、毒が入っていたということだな？　赤福にか？　ワインにか？」

「鑑識の確認待ちではありますが、ワインでしょう。奥さんの主張によると」

「主張？　どんな？」

工藤を納得させるような何を彼女が言ったのだ？　予測がつかずに問いかけた俺は、返ってきた答えに愕然とすることとなった。

「奥さんが言うには、本来なら自分が飲むほうのグラスを夫が飲んだそうです。夫から手渡されたグラスより、夫のグラスのほうがワインの量が少なく感じたので、なんの気なしにすり替えたと。そうしたら夫が飲んだ途端に苦しみ出したというので

「……」

「ちょっと待て。ワイングラスは夫に渡されたって？」

「はい」

工藤もまた、同じことを考えているようで、厳しい表情で頷く。

「それを妻がすり替えた。夫は気づいていたのか？」

「多分、気づいてはいなかったと奥さんは言ってます」

「それはつまり………」

俺が言おうとしたことを、ちょうど信号待ちで車を停車させた工藤が視線を向けてきながらはっきりと口にしてくれる。

「夫がワインに毒を仕込んだ——としか考えられないんですが、奥さんは頑として、自分を殺そうとしたのは夫の部下だと——夫に横恋慕をしている部下の女性だと主張しているんですよ」

「どうしたらそんなことが可能になるというんだ⁉」

思い込みにもほどがあると告げた俺に工藤が、「そうなんですよね」と申し訳なさそうな顔になる。

「先輩にこんな役を振りたくはないんですが、奥さんをまず落ち着かせてもらえませんかね。話ができる程度に」

「……そういうことか……」

なぜ自分がこの時間に呼ばれたのか、納得したと同時に、昨日訪ねてきたよしのの、人の話をまったく聞こうとしない頑なな態度を思い出し、天を仰いだ。

「すみません、本当に……」

恐縮してみせる工藤に俺は「気にするな」と声をかけたものの、これからしなければならないことが『苦行』以外の何ものでもないとわかっているだけに、込み上げてくる溜め息をなんとか嚙み殺し、よしのと面談するまでの間、ただただ気力を養い続けたのだった。

「武知さん……っ」

神楽坂の高級マンションの部屋で、よしのは俺の姿を見つけた途端駆け寄ってきた。

「夫が……っ……私のかわりに夫が……っ」

「奥さん、落ち着いてください。今日あったことを、話してもらえますか？」

話すことで体験を共有し、正しい判断を下せるよう導いていく。それしかないだろう、と俺はよしのの目を見つめ、説明を促した。

「……今日、あったこと……」

工藤の話では、よしのは彼が現場を離れるまで泣き喚いていたとのことだった。それで体力を消耗したのか、今は随分大人しくなっている。

「……主人が大阪出張から帰ってきて……。私が好きだから、と、赤福を新幹線の中で買ってくれたそうで、一緒に食べようということになって」

「ワインを飲もうと言ったのは？」

「主人です。あの人変わってて、赤福とワインが合うって、いつも一緒に飲むんです。私は特に合うとは思わないんだけど、赤福もワインも好きだから付き合って飲んでました」

「今夜も、ご主人が飲もうと言ったんですね。ワインは家にあったものですか？」

「いいえ。ワインも主人が買ってきました。栓を抜いてくれ、バカラのおそろいのグラスに注いでくれたんです。あの人、優しいからいつも私のほうを多くしてくれるんですけど、今日はそんなに飲みたい気分じゃなかったので、こっそりすり替えたんです。ちょうど主人が後ろを向いたときに、冗談のつもりで……」

「ご主人は気づかなかったんですか？」

俺の問いによしのは、思い出すような素振りをしたあと、

「気づいてなかった……と思います。結構量に差があったので、気づくかなと思ったんですが」

と答え、また微かに首を傾げた。

「それでご主人がワインを飲んだ。あなたも飲みましたか？」

「はい。一口。すぐに主人が苦しみ始めたので、飲むどころではなくなりましたが」

「……奥さん」

直接話を聞いた結果も、導き出される結論は一つだ、と彼女に呼びかける。

「……はい……？」

「ワイングラスの、一つには毒が入っていて、あなたが飲んだほうには毒は入っていなかった」

「……はい」

頷くよしのは虚ろな目をしていた。

「ワインを注いだのはご主人、グラスを手渡してくれたのもご主人だった」

「……はい」

「飲む直前にあなたがグラスをすり替えた」

「…………は……い」

「ご主人はあなたがすり替えたことに気づかず、ワインを飲んで倒れた」

「…………………」

ようやく理解が追いついたのか、よしのが、信じられない、というように目を見開き、俺を見る。

「断言はできませんが、おそらくワインに毒を入れたのはご主人です」

「うそ……っ」

よしのは今や顔面蒼白となっている。口では『嘘』と言いながらも彼女はきっと、夫が自分を殺そうとしたことを理解したに違いなかった。

「……どうして……どうして主人が……」

へなへなとその場に座り込み、譫言《うわごと》のように呟く彼女に『真実』と思しき俺の推論を告げるのはまだ早かろう。現役時代の癖が出て俺は工藤に目配せしてしまったのだが、工藤は咎めるでもなく、

「こちらへどうぞ」

とよしのを促すと近くにいた女性警官に託し、別室で休ませる手配を取ってくれた。

「悪いな」

使い立てして、と気づいて詫びた俺に工藤は、

「ああ、そういやそうですね」

と初めて気づいた様子となり、苦笑したあとに、真面目な顔で問うてきた。

「先輩の見立てでは、奥さんが夫を殺そうとしたのではなく、夫が奥さんを殺そうとしたということですよね？」

「ああ。状況的にはそういうことじゃないかと思う」

頷いた俺に工藤が問いかけてくる。

「動機は？」

「不倫だ」

「不倫……例の部下ですね」

工藤は頷いたものの、未だ懐疑的に見えた。

「毒の入手先を調べます。夫が購入していたとしたら、その線で捜査することになるでしょう」

「そうだな」

工藤の判断は正しい。しかしおそらく彼も、慶子の話を聞けば納得するのではない

かと思いつつ、彼女との面談で受けた印象を明かすことにした。

「慶子は都築が妻と離婚して彼女と結婚すると言っていたから付き合っていたと言っていた。不倫していることが世間に知られれば彼女も慰謝料を請求されかねないし、離婚にも不利になるだろうと考え、噂にならないように気をつけていたそうだ。会社での立場も守りたいと」

「なるほど。都築のほうが彼女に夢中だった……ということですかね」

工藤が首を傾げつつ、相槌を打つ。

「あくまでも俺の印象だがな」

「いや、武知さんの印象なら正解じゃないですかね」

工藤は可愛いことを言ってくれたあと、ううん、と唸る。

「……都築は妻と離婚をしたかったが、妻は応じなかった。それで都築が妻の殺害を試みたが、妻はそれを愛人である慶子の仕業だと思い込んでいた。だが慶子としては都築に対し、さほどの思い入れはなかった……ってことですかね」

「裏付けは必要だが、そんなところだろう」

俺が頷いたときに、先程よしのを別室に連れていった女性警官が、

「あの、工藤さん」

と戻ってきて声をかけた。

「なんだ？」

「奥さんが話したいと言ってます。夫の浮気相手について」

「わかった」

工藤は頷くと、ちらと俺を振り返った。

「一緒に聞きます？」

「可能なら」

あとで問題にならないといいのだが。案じていた俺に工藤は「大丈夫です」と笑い、

「行きましょう」

と先に立って歩き始めた。

よしのは夫婦の寝室におり、随分落ち着いているとのことだった。俺と工藤、二人して部屋に入ると、

「どうも」

と頭を下げてきたが、俺の目から見ても落ち着きを取り戻しているようだった。

「……なんだかもう……馬鹿馬鹿しくなりました」

ぽつ、と呟くと彼女は、五月雨式、とでもいうのか、ぽつぽつと話を始めた。

「……まさか、夫が私を殺そうとしていたなんて……未だに信じられません。でも、思い当たる節はあって……」

「どういうことですか？」

工藤ができるかぎり彼女を刺激しないように心がけていることは、その態度を見てもよくわかった。

「……あるとき、夫のスマホを見てしまったんです。誰かにメールを打ったあと、ロックしていない状態で夫が席を外したことがあって。メールの相手は彼の部下の女性で、離婚しないのなら別れたいと言う彼女を夫が必死で説得しているというものでした。私、カーッとなって夫を詰《なじ》ったんです。そしたら夫は、この女性はただの部下で、自分に恋愛感情を抱いている、今、大きなプロジェクトを任せているが、自分の気持ちを受け容れてもらえないのなら、あることないこと会社にぶちまけると言われて困っていると……メールの文面と矛盾しているとは思ったんですが、プロジェクトから彼女を問題なく外すことができるまで我慢してほしい、という夫の言葉を私は信じたんです」

「……それで？」

工藤の問いかけによしのは、少し黙り込んだあと、ようやく口を開いた。

「……そのうちに私の身に危険が迫るようになりました。夫に書類の決裁をもらいに来たと、その部下の女が訪ねてきた日に、階段から誰かに突き落とされそうになったり、それにそう、武知さんに相談しに行こうとした日にブレーキオイルを抜かれたり。駅のホームで背中を押されたこともありました。夫に相談すると、部下の女性じゃないかとほのめかされたんですが、あれはやはり、夫の仕業だったんじゃないかと……」

よしのはそう言うと、はあ、と深い溜め息を漏らした。

「……私……去年、父が亡くなって、多額の遺産を相続したんですよ……」

しばらくしてからよしのはそう言うと、泣き笑いのような顔になった。

「私が死ねばそのお金は、配偶者の——夫のものになる……夫はそれを狙って、私を殺そうとしたのかもしれませんね」

「奥さん……」

工藤が言葉に詰まるのに、よしのは、

「いい加減、目を覚まさないと、ですね」

と言ったかと思うと、キリッとした表情になり工藤と、そして俺を見据えた。

「夫が私を殺そうとしましたが、私がグラスをすり替えたので夫が死にました。この場合、私は罪に問われますか？」

「いや、それはないですよ」

俺が答えるより前に、工藤が目を見開き否定する。

「もともと殺害を企てたのは旦那さんですから。あなたは何も知らないでグラスをすり替えたに過ぎません。それで罪に問われることはまったくありませんのでご安心ください」

「…………そう…………ですか……」

よしのは安堵したというより、やはり落ち込んでいる様子だった。

「……やっぱり信じられません……どうして……」

再び嗚咽が込み上げてきたようで、両手に顔を伏せてしまった。

「…………奥さん…………」

何か慰めの言葉を告げようとしている工藤を横目に俺は、なんともいえない違和感を覚えずにはいられなかった。

しかし何に対する違和感かを説明することはできない。なんなんだろうな、と首を傾げていた俺に、工藤が目配せをして寄越した。

何か聞きたいことはあるか、と尋ねてくれているのだろうとわかったが、特に思い

つかない。それで首を横に振ると工藤は、

「どうかあまり思い詰めないように」

と、よしのに労りの言葉をかけてから、俺を伴い部屋を出た。

「……夫の自滅ですね、これは」

外に出ると工藤はそう言い、俺に同意を求めてきた。

「まあ、そういうことだろうな」

頷くと工藤は安堵した顔になった。

「明日にでも『愛人』に聞き込みをかけますが、これは夫の自滅で決まりでしょう。気になるのは愛人の殺人教唆ですが」

「その部分はできれば世間に知られないよう、配慮してもらえるとありがたいな」

「ああ、会社内の立場があるんでしたっけ。うーん、妻が見たメールの文面からしても、武知さんから聞いた愛人の発言からしても、愛人は無関係でしょうね。都築智雄が本気になっただけで……」

「……そうだな」

しかし——何かが引っかかる。やはり、なに、と指摘はできないのだが。

首を傾げていた俺に工藤は、

「明日、また連絡します。今日はありがとうございました」

と頭を下げると、俺を送る覆面パトカーの手配を先程の女性警官に依頼したのだった。

※　※　※

帰宅した叔父はまたも疲れ果てていた。

「お帰りなさい」

「……ああ……」

頷く叔父の横顔に迷いが感じられる。

どうやらまだ『真相』には辿り着いていないようだ。しかし状況に違和感を抱いているようではある。

まずは僕の予想通りの展開となったか確認を取ろう、と僕は自分の部屋に向かおうとしている叔父の背に声をかけた。

「叔父さん、まさかと思いますけど、妻の言い分を信じたわけじゃないですよね？」

「……え？」

振り返った叔父の顔には戸惑いばかりではなく、『やはり』といった表情が浮かんでいた。『やはり』彼自身、今一つ腑に落ちていなかったのだろう。それを見て僕は安堵すると同時に、警察の捜査は誤った方向に進むのではないかと案じ、事件を叔父と共に振り返ることにした。

「発端は、都築よしのが、夫に片想いしている部下の女性に命を狙われている、ということでしたよね」

「ああ、そうだが……」

答えてくれたものの、叔父は未だ戸惑った顔をしている。彼の戸惑いは事件に関してというより、なぜ僕が状況を把握しているのかといったことにあるようだった。

すぐ、はっとした顔になり、自分の身体を探り始めた彼を見て僕は、

「盗聴器なんて仕込んでませんよ」

と告げたあとに、未だ信用していない目を向けてくる叔父に対し、それより事件についてだ、と話を続ける。

「しかし部下の女性曰く自分は都築の愛人であり、彼からは『離婚するから結婚して

くれ』と言われていた。勿論、『離婚する』と言われているので、妻に危害を加える必要はない、と」

「そのとおり」

「女性二人の言い分は矛盾していますね、という話を我々はしました。どちらかが嘘を言っているとしか思えなかった」

「しかしこうなってみると、二人とも嘘はついていなかったということなんだろう。嘘をついていたのは都築智雄だったんだ」

　答えはしたが、叔父の顔には迷いがあった。そうでなければ、と言葉を続ける。

「妻にも愛人にもいい顔をしていた彼は、愛人と結婚するために妻殺しを計画した。階段から突き落とそうとしたり、ブレーキオイルを抜いたりしたのは夫の仕業だった。いよいよワインで毒殺しようとしたところ、何も知らない妻がグラスをすり替えたせいで自分が死ぬことになった……というのが警察の――そして叔父さんの見解ですか？」

「ああ。まあ……」

　実際、僕に指摘されると叔父の顔に迷いの色が更に濃く表れるようになった。疑問の余地なしと思っている警察も叔父くらい注意深くなってほしいものだ、と僕は思わず溜め息を漏らしてしまった。

「どうした？」

叔父が眉を顰め問うてくる。

「もしも都築智雄の計画どおり、妻殺害が成功したとしましょう。その場合、疑われるのはどう考えても智雄本人ですよね？」

「そこなんだよな」

叔父が頷き、新たな情報を教えてくれる。

「妻よしのは最近父親から遺産を相続したそうだ。本人曰く、かなり多額だそうで、それだけでも充分殺害の動機になる。しかも夫は愛人に妻との離婚を迫られていたのだから、容疑者は自分以外いないという状況となると、少しも気づかなかったのか」

「ですよね。ブレーキオイルを抜いたり、階段から突き落とそうとしたりしたことも、妻には『部下の仕業』と思い込ませていましたが、これがもし成功していたら？　警察は真っ先に夫を疑いますよね」

「ああ。夫か、もしくは部下の愛人だろうが、夫は愛人と結婚するために妻を殺そうとしているのだから、愛人には疑いが向かないようにするはずだ」

叔父はどうやらそもそもの矛盾に気づいてくれたようだった。

「あまりに夫に考えがなさすぎる……待てよ」

と、ここで叔父が何か思いついた顔になる。

「なんです？」

「夫の動機は愛人と結婚することじゃなく、妻の遺産のみにあった。愛人にはさほど思い入れはなく、妻殺しの犯人として仕立て上げるつもりだった、というのはどうだろう？　そのために妻には、愛人に命が狙われていると思い込ませ、妻が探偵に依頼をするよう誘導した……」

「……それは……」

まさに『犯人』らの狙い通りの見立てだ。だが、さすがは元警視庁捜査一課の敏腕刑事、僕の指摘を待たずにそのことに気づいたらしく、

「いや」

と再び首を傾げる。

叔父は多分、女性に幻想を抱きすぎているのではないか。だから未だに独身なのでは。

失礼なことを考えていた僕の前で、ようやく叔父が『正解』に辿り着く。

「……全部、逆か」

「はい」

即座に頷いた僕を見て叔父は、少し複雑そうな顔をした。

「どうしました？」

「いや……」

首を横に振りつつ、溜め息を漏らした叔父は、少し落ち込んでいるように見えた。

「自分の馬鹿さ加減が情けなくなっただけだ」

「叔父さんは馬鹿じゃないですよ」

慰めているつもりはなかったが、叔父には慰めに聞こえたらしく、言葉どおりの情けなさそうな顔になる。

「君は最初からわかってたんだろう？」

「ええ、まあ」

頷いた僕の前で、叔父はますます落ち込んだ顔となった。

「なのに俺は……」

「言ってませんでしたっけ。僕、いわゆる天才なんです」

「は？」

ここで僕がこの話題を出したのは別に叔父を笑わせようと思ったわけでも、力づけようと思ったわけでもない。事実を伝えたかっただけ——というのは、我ながら苦しい言い訳だった。

「確かに天才だよ」

苦笑する叔父は少し元気を取り戻したようだが、僕が冗談を言ったと思ったようだ。しかし冗談ではないのだ、と言葉を続ける。

「僕の亡くなった父が、メンサのメンバーなんです」

「メンサ?」

「人口の上位二パーセントのＩＱの持ち主の団体です。その団体の中でも父は上位一パーセント以内にいました。その血を僕は受け継いだんだと思います」

「お義兄さんは確か、外資系の半導体メーカーの研究職だったか……」

「はい。特許を多数個人で取得していたので、僕は随分と裕福です」

「そうなのか?」

そういえばまだ叔父には説明していなかった。これから大学卒業までの学費についても迷惑をかけるつもりはないと、この機会に言っておこうか。いや、今はそれより、と僕は再び口を開いた。

「はい。そういったわけで、僕のＩＱも相当高いと思われます。父は僕が世間の人から奇異な目で見られることを案じてメンサに入会させることは敢えてしませんでしたが……なので僕が叔父さんよりも先に『正解』に辿り着くのはまあ、仕方がないことだと思うんですよ」

「……はあ……」

叔父はぽかんとしていた。まあ今の話ではぽかんとするしかないだろうと思うも、それどころではないのでは？　と、現況を思い出させようとする。

「それより、警察に連絡を入れなくて大丈夫でしょうか？　妻も愛人も逃げ出すことはないとは思いますが」

「ああ、そうだな」

はっと我に返った様子となった叔父が、慌ててスマートフォンをポケットから取り出す。

「……留守電か」

ぽつ、と呟いたあと叔父は電話に向かい、伝言を残した。

「工藤か？　俺だ。いつでもいいから事務所に来てもらえないか？　話がある」

工藤というのは叔父を慕っている元部下の名だ。おそらくこれで『犯罪者』が罪を逃れることはなくなるに違いない。安堵の息を吐いたところで、叔父は電話を切り、僕へと視線を向けた。

「なあ」

「はい？」

なんだろう。少し迷った素振りをしている叔父が何を聞きたいのか予想がつかず、問い返した僕だったが、続く叔父の問いかけには珍しく絶句してしまった。

「君が俺に手を貸してくれるのは、『天才』だからか？　凡人の俺を見ていられないと、そういう理由……じゃないよな？」

「………」

叔父が真っ直ぐに僕の目を見据え、問いかけてくる。心の奥底まで見透かされそうなその目は確かに、検挙率の高さは群を抜いていたという有能な刑事のものだった。

「君は以前、犯罪者を憎んでいると言っていた。罪を犯した人間が見過ごされるのが許せないと……何かそうしたことが君の身近であったんじゃないかと今気づいたんだが、そういうことなのか？」

「………」

さすがは元警視庁捜査一課の敏腕刑事。まさかこうも早く見抜かれるとは、と僕は心底感心していた。

だが、今打ち明けるのは時期尚早ではないかと思う。もう少し信頼関係が深まってからでないといい結果は生まれないだろう。

「……犯罪者が見過ごされそうなことはよくあるじゃないですか。大岩代議士の息子だったり、月照院君の義母だったり」

それで誤魔化すことにした僕は敢えて目を伏せて叔父の視線を避けるとそう告げ、話題を今回の事件に戻すべく口を開いた。

「明日、工藤さんに説明するために、事件の概要をここでおさらいしましょうか」

「お、おう」

叔父は何か言いたそうだったが、どうやら僕が話したくないと察したらしく、話題転換に乗ってくれる。

本当にいい人だ。心の中で呟き、犯人たちの心理や行動について自分が思うところを話し始める。

そのとき僕の脳裏には、六年前に『事故死』として命を落とした亡き父の顔が浮かんでいた。

3

工藤からの折り返しは翌朝となり、彼は訝りながらも朝一で事務所に来てくれた。

「どうしたんです?」

「いや、都築の件、あれは夫の自滅ということでカタがつきそうか?」

「ええ。勿論、毒の入手先を含め裏取りはしますけど、状況を見るに被疑者死亡で送致される見込みが強いと思います」

「……実は……」

俺自身、正直迷っている部分はある。だがもしも『事実』だった場合、犯罪者を野放しにすることになる。

事実か否かは確かめるべきだ。麗人に言われるまでもなく、昨夜の時点で俺は工藤に打ち明ける決意を固めていた。

「実は、都築よしのと桜木慶子が懇意だという密告《タレコミ》があった。もしそれが本当なら話はまるで変わってくる」

「なんですって⁉」

工藤が驚愕の声を上げる。

勿論、そんな『密告』はなかった。完全なる俺の創作だ。警察を動かすにはそのくらい話を盛ったほうがいいという麗人のアドバイスに従ったのだが、後輩に嘘をつくことにはやはり罪悪感を覚えた。しかし今は後ろめたさに背を向け、話を続ける。

「もう一つ。都築の評判を改めて確認したい。これは俺も直接、調査するつもりだ。結果は勿論、共有する」

「ちょ、ちょっと待ってください。それじゃ武知さんは女性二人が共謀して、都築智雄を殺したと、そう言うんですか？　妻と愛人が？」

信じがたいといった顔をしている工藤に俺は、昨夜麗人に指摘され辿り着いた結論を説明することにした。内容がすべて麗人の受け売りであるのは少々情けなかったが。説得力という点ではおそらく、俺より彼のほうが勝っているというのが更に情けなさを煽る。密かに落ち込みながらも俺は工藤に説明を始めた。

「事実だけ見れば、都築よしのが夫の智雄を殺したということになる。我々がその結論に達しなかったのは、よしのの命が狙われているということを知っていたからだ。彼女が俺に依頼してきたのは、その状況を俺や、俺経由で警察に信じ込ませることにあった」

「……依頼したときにはもう、作戦を練っていたと？　しかし……」

未だ、工藤は訝しそうにしている。気持ちはわかる、と、俺は頷くと話を続けた。

「よしのは自分の命を狙っているのは夫ではなく、夫に片想いをしている部下だと断言した。夫からは部下に言い寄られて困っていると聞いていると。これも彼女の作戦だったんだろう。はじめから『夫に命を狙われている』と主張すれば、返り討ちにしたんだろうと警察は判断する可能性が高いからな。彼女の狙いどおり俺は智雄の部下の桜木慶子を訪ね、よしのとはまったく逆の話を彼女から聞いた。慶子曰く、智雄とは恋人同士で、智雄からは離婚をするので結婚しようと言われている、待っていれば結婚できるのだから、妻に危害を加えようなんて思っていない、社内に二人の関係が知られると出世に響くので問題など起こすはずがないと。この話を聞いて俺が到達した結論は、嘘をついているのは都築智雄だというものだった。お前もそう思っただろう？」

俺から話を聞いて、と問うと工藤は「はい」と大きく頷いた。

「智雄が妻と愛人、両方にいい顔をしているんだと思いましたよ。彼としては愛人とすぐにも結婚したいが、一方、離婚して妻の財産を捨てるのは惜しい。いっそ殺してしまえ――という流れだったんだと。捜査本部もその結論に達し、被疑者死亡で送致される見込みです……が……」

工藤は今、困惑した表情を浮かべていた。

「もし、女性二人が結託し、それぞれ嘘をついているとしたら……」

「ああ、我々は都築智雄からは何も話を聞いていない。彼は本当に妻を殺そうとしていたのか、その後、愛人と結婚しようとしていたのか、その裏付けは何もないんだ」

俺はそう言うと、スマートフォンを操作し、慶子から送ってもらった温泉旅館での智雄と彼女の写真を見せた。

「これは？」

「不倫の証拠だというが、それにしては彼女、嫌がっているように見えないか？」

顔がひきつっているし、身体を離そうともしている。

「確かに」

頷いた工藤に俺は、慶子からは、奥さんに写真を送ると智雄に言われたので嫌がったという説明を受けた話をしたあとに、

「でももし、本当に嫌がっていたとしたら？」

と彼に問う。

「……セクハラやパワハラの可能性もあり、ということですね」

工藤が、はっとした顔になり、俺に確認を取ってくる。

「ああ。彼女はなんとしてでも海外駐在に出たがっていた様子だった。それを阻むようなセクハラ、パワハラを上司である智雄から受けていたことに慶子は悩み、追い詰められていたのかもしれない。一方、妻のよしのも夫に対して殺意を抱くような状態だったのではないだろうか。DVやモラハラに遭っていたなどの理由で」

智雄に虐げられてきた二人が、お互いの状況を知ったとしたら——？　智雄さえこの世から消えてくれれば、苦しみから逃れることができる。そんな仲間を見つけてしまったとしたら？　二人して口裏を合わせれば、智雄が妻を殺そうとして、誤って自分が仕込んだ毒を口にして死んだという状況を作れる。そう思いついてしまったとしたら？

「……確かに……可能性としては『あり』ですね」

工藤も俺同様、この事件が被疑者死亡で片付けられてしまうことに危機感を持ってくれたようだった。

「すぐ課長に連絡します。そしてよしのと慶子の関係を徹底的に洗います。加えて智雄のプライベートや会社での評判も集めましょう。そうと決まれば早く課長に報告せねば！」

工藤は焦った様子でそう言うと、立ち上がり俺に頭を下げた。

「ありがとうございます、武知さん。あやうく犯罪者を見逃すところでした。やはりさすが武知さんです。できることならまだまだ一緒に……」

捜査がしたいという嬉しい言葉をかけてくれようとしているのがわかっただけに俺は、

「それが正解であるかは、調べてみないとわからないけどな」

そう言い、彼の発言を遮った。

「俺も調べてみる」

「お願いします。都築よしのも武知さんの事務所に依頼を持ち込まなければ、疑問を覚えられることもなく、しれっと夫殺しの罪から逃れたのかと思うとなんというか……」

工藤はやれやれ、というように溜め息をついたあとに、

「その時点で彼女は自滅していたってことなんでしょう」

と、おべんちゃらに違いないことを言うと、

「それじゃまた！」

と元気に事務所を出ていった。

「……さて」

俺もまた立ち上がり、戸締まりをチェックしてから外に出る。

これから俺が向かおうとしているのは都築智雄の会社だ。受付嬢の雨宮由香利に、きっと彼女が詳しいであろう社内事情と、昨日は問うことがなかった智雄の評判を聞くべく、地下鉄の駅を目指したのだった。

※　※　※

高校から帰宅した僕を迎えた叔父は、またまた少し疲れている様子だった。が、僕が何を言うより前に、「おかえり」と迎えてくれただけでなく、

「まあ、座ってくれ」

と、事務所の応接セットのソファを目で示し、冷蔵庫に向かおうとする。

「何を飲む？　水でいいか？　それともコーヒーを淹れようか」

「至れり尽くせりですね」

気持ちが悪いくらいに、と揶揄しながらも僕は、『事件』が無事に解決したのだろうと察していた。

「このくらいはな」

叔父が僕の前にミネラルウォーターのペットボトルを置いたあと、頭を下げる。

「君のおかげで、よしのと慶子の二人が共謀して企てた計画によって都築智雄が殺されたことがわかった」

「そうですか」

推察どおり。唯一予想外だったのは、即日逮捕となったことだ、と思いながら頷くと、叔父は思うところありという顔をしつつも言葉を続ける。

「動機も君の推理どおりだ。妻、よしのの場合は智雄によるモラハラとＤＶ、部下の慶子はパワハラとセクハラに苦しみ、死を覚悟するところまで追い詰められていた。よしのの身体には酷い暴力を受けた痕が残されていたし、慶子は性的関係を結ばなければ海外駐在には出さないと脅されていたそうだ。世間的にも社内的にも智雄の評判は高く、訴えたところで信じてもらえないだろうと二人とも思い詰めていた。そう、いわば二人の利害が一致したんだ」

叔父の『思うところ』はやはり、いくら『天才』であろうと年齢が自分の半分もいかない甥にまたも出し抜かれたと思ったからだろう。悔しさを滲ませつつも『君の推理どおり』と認めてくれる叔父はやはり懐が深いな、と感心しながら僕は、『推理』では到達できなかった点を尋ねた。

「女性二人の接点はなんでした?」

すぐにわかるようなものではあるまい。そこを突き止めるのには苦労するのではと案じていたが、一日で解明するとは組織の力はさすがだと感心してしまう。

何より感心するのは、既に刑事を辞めた身であるにもかかわらず、叔父の一言が警察を動かしたということだ。

工藤という名だったか。できる後輩に慕われているのだろうな、と僕は改めて叔父の人望の厚さに感じ入りつつ、問いかけた。

「趣味繋がりだったよ。二人とも同じ小説家のファンで、あるファンサイトで偶然知り合い、その後、実際顔を合わせる『オフ会』という会合で意気投合したようだ。工藤が一緒に参加した女性を探し出した」

「マニアックな繋がりだったんですね」

よく見つけ出したものだとますます感心していた僕の前で、叔父が抑えた溜め息を漏らす。

「どうしたんですか？」

「いや……」

叔父は少し考える素振りをしたが、やがて苦笑めいた笑みを浮かべると、

「なんでもないよ」

と微かに首を横に振った。おそらく、妻と愛人に同情しているのだろうと察した僕は、彼女たちには他に『動機』もあったはずだ、とそれを叔父にも思い出させてあげることにした。

「都築智雄が死んだら多額の生命保険金が入るはずだったんでしょう？　二人して山分けする予定だったんじゃないですか？」

「ああ、保険金な」

ここで叔父の声が高くなる。

「驚いたよ。半年前に保険の見直しを行い、死亡時の金額が一億から二億に増額されていた。半年前にはもう、計画を練り始めていたということだろう」

叔父はそう言うと、やりきれないといった顔になり、溜め息を漏らした。

「他に方法はなかったのかと思うよ。殺す以外にも、社会的な制裁を与えるとか……」

　ここまで言うと叔父は、いや、というように首を横に振り、他人《ひと》には聞こえないような小さな声でぽつりと呟いた。

「それができなかったからこそ、なんだろうが……」

「そんなはずないでしょう」

　叔父が心優しい人間だということはよくわかった。しかし罪は罪だ。まさか元刑事の彼をこうして窘《たしな》めることになろうとは、と呆れてしまいながらも僕は口を開いていた。

「人殺しは大罪ですよ。どんな事情があろうとも。つらい思いをしたから殺してもいい、今まで苦しめられてきた報いとして保険金を受け取ってもいい――なわけ、ないじゃないですか」

「…………」

　僕の言葉に叔父は何かを言いかけた。

「？」

　反論するのかな、と見つめ続けていると叔父が手を伸ばし、僕の頭をぽんと叩く。

「皆が皆、強いわけじゃないからな」

「しかし」

尚も反論しようとした僕の頭にまた、叔父の手が乗せられる。

「勿論、犯罪は許されざるものだ。しかしそうなるに至った人間の弱さへの理解も必要だと、俺は思う」

叔父はそう言うと、無意味にまたぽんと俺の頭を掌で軽く叩き、「さて」と話を終わらせようとした。

「今日は外に食べに出ないか？　なんでも奢るぞ。肉でも寿司でも。どうだ？」

「………」

叔父の言うことに、正直、心の底から納得はできない。しかし心情的には、理解できる気はする。

正義は正義だ。しかし『正義』は百パーセント正しいというものでもない。人生経験を積めば理解もできよう。否、理解する人間になってほしい。叔父はそう言いたいのではないだろうか。

叔父が警察を辞めて尚、部下に慕われているのはこうした部分なのかもしれない。正義を絶対条件にしながらも、弱者に寄り添う気持ちを忘れない寛容さ。

ああ、そうだ。そんな彼だからこそ、ほぼ十年間、会ったこともなかった甥を引き取ることを了承してくれたのだろう。

しかし、と僕は改めて叔父を見た。

「ん？」

叔父がどうした？　というように微笑みかけてくる。

もし、僕が今こう打ち明けたら叔父はどういうリアクションをとるだろう。

『僕の父は何者かによって事故を装って殺されました。僕が犯罪者を憎むのはそのためです』

それを告げて尚、叔父は今と同じことが言えるだろうか。大罪を犯した人間の弱さも理解してやれ、と――。

今は明かすべきではないと自分が決めたんじゃないか、と僕は、視線を叔父から外し、

「いえ」

と首を横に振った。

「ん？」

叔父は何かを感じたのか、尚もじっと僕を見つめる。

人の心の機微にはどうしてこうも敏感なのか。だからこその『人タラシ』なのか。

どうやら僕もタラされつつあるようだ。不本意ではあるけれども。

思うところはある。が、今は叔父の言い分を受け入れよう。そう自分の中で折り合いをつけると僕は、

「寿司は回っていないところがいいです。肉ならシャトーブリアンという部位を食べてみたいかな」

叔父が青ざめる顔を予測しながらそんな意地悪を言い、予想どおり、

「シャトーブリアンだと!?」

と仰天した声を上げた叔父に向かって、人々に『天使の笑み』と賞賛される笑顔を向けたのだった。

本書は書き下ろしです。

小早志《こばやし》少年《しょうねん》と売《う》れない名探偵《めいたんてい》

愁堂《しゅうどう》れな

2021年1月5日初版発行
2021年2月5日第2刷

発行者……………千葉 均
発行所……………株式会社ポプラ社
〒102-8519 東京都千代田区麹町4-2-6
電話……………03-5877-8109(営業)
03-5877-8112(編集)

フォーマットデザイン 荻窪裕司(design clopper)
組版・校閲 株式会社鷗来堂
印刷・製本 中央精版印刷株式会社

ポプラ文庫ピュアフル

ホームページ www.poplar.co.jp

N.D.C.913/247p/15cm
ISBN978-4-591-16891-2
P8111307

イケメン毒舌陰陽師とキツネ耳中学生の
へっぽこほのぼのミステリ!!

天野頌子
『よろず占い処　陰陽屋へようこそ』

装画：toi8

母親にひっぱられて、中学生の沢崎瞬太が訪れたのは、王子稲荷ふもとの商店街に開店したあやしい占いの店「陰陽屋」。店主はホストあがりのイケメンにせ陰陽師。アルバイトでやとわれた瞬太は、実はキツネの耳と尻尾を持つ拾われ妖狐。妙なとりあわせのへっぽこコンビがお客さまのお悩み解決に東奔西走。店をとりまく人情に癒される、ほのぼのミステリ。単行本未収録の番外編「大きな桜の木の下で」を収録。

〈解説・大矢博子〉

アルバイト先は妖怪の古道具屋さん!?
取り扱うのは不思議なモノばかり――。

峰守ひろかず
『金沢古妖具屋くらがり堂』

装画：烏羽雨

金沢に転校してきた高校一年生の葛城汀一。街を散策しているときに古道具屋の店先にあった壺を壊してしまい、そこでアルバイトをすることに。……実はこの店は、妖怪たちの道具〝妖具〟を扱う店だった！　主をはじめ、そこで働くクラスメートの時雨も妖怪で、人間たちにまじって暮らしているという。様々な妖怪や妖具と接するうちに、最初は汀一を邪険に扱っていた時雨とも次第に打ち解けていくが……。お人好し転校生×クールな美形妖怪コンビが古都を舞台に大活躍！

妖精が見える日本人大学生カイ
雰囲気満点の英国ファンタジー

深沢 仁
『英国幻視の少年たち ファンタズニック』

装画：ハルカゼ

日本人の大学生皆川海（カイ）は、イギリスに留学し、ウィッツバリーという街に住む叔母の家に居候している。死んだ人の霊が見える目を持つカイはそこで、妖精に遭遇。英国特別幻想取締局の一員であるランスという青年と知り合う。大学の構内で頻繁に貧血で倒れているランスをかまううちに、カイは次第に、幻想事件〝ファンタズニック〟に巻き込まれていく――。

英国の雰囲気豊かに描かれる学園ファンタジー第1巻！

ポプラ文庫ピュアフルの好評既刊

もつれたご縁、解きほぐします。
ほんわかお寺ミステリー！

緑川聖司
『福まねき寺にいらっしゃい 副住職見習いの謎解き縁起帖』

装画：鳥羽雨

跡継ぎだった兄が突然失踪し、実家の福招寺――通称「福まねき寺」の副住職として呼び戻された大学生の修平。流されるまま、近所の寺の毒舌美形の副住職・清隆さんとともに、檀家さんが持ち込んできた恋愛相談や不思議な遺言の謎解きなど、さまざまな事件を解決することに……。

『晴れた日は図書館へいこう』著者による、ほんわかお寺ミステリー！

〈解説・大矢博子〉

ポプラ文庫ピュアフルの好評既刊

二人の龍神様にはさまれて……!?
あやかし契約結婚物語

佐々木禎子

『あやかし温泉郷 龍神様のお嫁さん…のはずですが!?』

装画：スオウ

札幌の私立高校に通う宍戸琴音は、ある日学校の帰りに怪しいタクシーで「とこよ」のボロい温泉宿につれていかれる。そこには優しく儚げな龍神ハクと、強面で高圧的な龍神クズがいた。病弱な親友ハクの嫁になって助けるように、とクズに命じられた琴音は、とりあえず宿の仕事を手伝うことに。ところがこの二人、仲が良すぎて、琴音はすっかり壁の花……？　イレギュラー契約結婚ストーリー！